007

I

[英] 伊恩·弗莱明 著　　乐天 译

湖南文艺出版社　　博集天卷
HUNAN LITERATURE AND ART PUBLISHING HOUSE　　CS-BOOKY

图书在版编目（CIP）数据

007-Ⅰ/（英）弗莱明（Fleming, Ⅰ）著；乐天译. — 长沙：湖南文艺出版社，2015.8
书名原文：Casino Royale
ISBN 978-7-5404-7222-1
Ⅰ. ①0… Ⅱ. ①弗… ②乐… Ⅲ. ①长篇小说 — 英国 — 现代 Ⅳ. ①I561.45

中国版本图书馆CIP数据核字（2015）第 137571 号

上架建议：经典文学

007-Ⅰ

著　　者：［英］伊恩·弗莱明
译　　者：乐　天
出 版 人：刘清华
责任编辑：薛　健　刘诗哲
监　　制：毛闽峰　李　娜
特约编辑：张宇宏
营销支持：张　璐
封面设计：仙境设计
出版发行：湖南文艺出版社
　　　　　（长沙市雨花区东二环一段 508 号　邮编：410014）
网　　址：www.hnwy.net
印　　刷：北京京都六环印刷厂
经　　销：新华书店
开　　本：880mm×1270mm　1/32
字　　数：171 千字
印　　张：8
版　　次：2015年8月第1版
印　　次：2015年8月第1次印刷
书　　号：ISBN 978-7-5404-7222-1
定　　价：25.00 元

质量监督电话：010-59096394
团购电话：010-59320018

目录 Contents

第十八章　清理门户 / 161

寂静中，夏日特有的各种欢快的声音从紧闭的窗子中挤进来。两块粉红色的亮斑映在左边的高墙上。那是地板上两摊鲜红的血迹，被6月的阳光从百叶窗照射进来再反射到墙上。

第十九章　卧床养病的英雄 / 167

他觉得整个身体都被包扎起来，一个像白色棺材一样的东西从他的胸脯一直盖到脚，使人看不清床的尽头。他用一连串的粗话拼命叫喊，终于耗尽全身气力。

第二十章　善恶之别 / 177

我紧接着开了枪，子弹正好从他射击的那个洞穿了过去。正当那个日本人转过脸看着被打坏的窗户时，我的子弹射进了他的嘴巴。

第二十一章　诺言就是诺言 / 187

而现在他可以再次见到她了，却害怕起来，害怕自己的身体和器官对她的性感曲线没有反应，害怕自己不能热血沸腾，不能完成人事。

第二十二章　黑色轿车 / 197

他最烦的就是花时间去追求女人，分手时又纠纷不断。他发现每一段风流浪漫史都千篇一律，如同抛物线一样……

第二十三章　爱如潮水 / 207

她很聪明，对人体贴入微，但又绝不会任人摆布。她即使有强烈的欲望，也会摆出一副不可侵犯的样子。要想征服她的肉体，深入她的私密之处，可能在必要情况下得来点儿硬的。

第一章
间谍的职业素养

邦德很清楚电灯开关的位置，他一把推开门冲进门廊，一手开灯一手摸枪。空荡安全的房间嘲笑着他。

　　令人恶心的香水味、烟味和汗味充斥着深夜3点的赌场。豪赌会使人心力交瘁，贪婪、恐惧和紧张交织在一起，使赌客们难以把持。这时，人的感官会突然觉醒，想摆脱这种困境。

　　詹姆斯·邦德突然感到很累。他的身体或意识总是在告诉自己：今天已经达到极限，请及时收手，以免在身心俱疲、反应迟钝的情况下犯下大错。

　　他悄悄地离开一直在玩的轮盘赌，走到黄铜围栏外休息片刻，齐胸高的黄铜围栏在大厅里隔出了一个贵宾区。

　　勒基弗还在里面赌，显然，他的手气很顺。他面前凌乱地堆满了花色小筹码，还有一堆单枚价值50万法郎的黄色大筹码处在他结实的左臂的阴影中。邦德好奇地打量了一下这个令人印象深刻的侧影，然后耸耸肩轻松地走开了。

　　一人高的栅栏把现金兑换处与外界隔离开来。出纳就像普通的银行职员一样，坐在栅栏柜台后面的高脚凳上，埋头清点大把大把的钞票和筹码，它们被分类装入框格中。这里是防范要地，就像有一道防波堤驻守一般。出纳有电棍防身，并配有手枪，而且他们通常是两人一班。如果有人想翻过栏杆偷走钞票，再翻过栏杆通过走廊从大门逃出赌场，那几乎是不可能的。

邦德一边思考着这个问题，一边把小筹码兑换成了一捆一万法郎面值的大钞。他脑海里闪现出天亮后赌场董事会开早会的场景，没准儿是这样的：

"勒基弗先生赢了200万法郎，玩的是他拿手的牌局。费尔柴尔德小姐一小时内赢了100万法郎就离开了。她是跟勒基弗先生做了三次摊庄后赚了100万法郎。她玩得很冷静。维洛林子爵先生在轮盘赌上赢了两次，共计100万法郎。他自始至终都在押重注，手气很好。接下来是英国人邦德先生，他在过去两天中赢了大约300万法郎。他在第5号台专押红字，采取的是累进制下注。杜克洛斯领班会详细说明。他看上去性格坚毅，喜欢下大赌注，加上手气很顺以及镇定自若，因此赢了不少。昨晚我们游乐场的总收入是十一点××法郎、百家乐××法郎、轮盘赌××法郎。轮盘赌有点儿不利，但仍然略有盈利……"

"谢谢，泽维尔先生。"

"不客气，主席先生。"

还有一诸如此类的些事，邦德一边想一边走出大厅的转门，顺便朝穿着晚礼服的门卫点了点头。门卫负责把守入口，发现问题就立刻踩下电子踏脚板，锁住转门。

赌场董事会将盈利入账，之后散会各自回家或到咖啡馆吃午餐。

至于打劫赌场，倒不是邦德自己想干，只是他觉得那应该会特别有趣。他觉得干这种事至少需要10个好汉，但最后总得杀掉一两个，因为在当今法国或其他国家，要找齐10个不去告密的杀手是不可能的。

在衣帽间，邦德给了服务员1000法郎的小费，走下俱乐部的台阶。他觉得不光是自己，勒基弗抢劫赌场的可能性也不大，就不再考虑这事。他的皮鞋踩在又干又硬的砂石路上。太糟糕了。他觉得嘴里有股涩味，腋下汗津津的，眼睛陷在眼窝里，脸、鼻子和鼻腔都因为充血而红通通的。他做了一次深呼吸，重新集中精神。他很想知道自己晚饭后离开旅馆以来，有没有人搜过他的房间。

他穿过宽阔的林荫大道，走过花园，回到自己投宿的辉煌酒店。门房满面微笑地递上他的房间钥匙——2楼45号房，还给了他一封电报。

电报是从牙买加发来的。上面写道：

牙买加，金斯敦①急电：法国塞纳省②皇家水城辉煌酒店转邦德。现汇上1915年古巴哈瓦那雪茄贷款1000万法郎。希望你对此满意。达西尔瓦致。

这意味着1000万法郎正在汇过来。邦德在昨天下午通过巴黎发了一封电报给伦敦总部，要求更多的资金。这封电报就是给他的答复。

---

① 牙买加首都，南临加勒比海，北靠蓝山，是牙买加重要的港口城市。——编者注
② 法国历史上的一个省份，编号75。由塞纳河得名。1968年撤销。——编者注

巴黎方面将此转告给邦德的上级领导克莱门茨，克莱门茨又转告给了M局长，M冷笑了一下，然后要会计部和财务部落实。

邦德在牙买加工作过，他这次来皇家水城执行任务，就是用牙买加进出口公司的领导人卡弗里先生的富商身份做掩护的。因此，他必须通过牙买加和伦敦联系。在牙买加和他接头的人是加勒比地区最著名的报纸《每日文摘》美编部的主任，一个沉默寡言的人。

那个人叫福西特，二战前在他的家乡开曼群岛的一家海龟养殖场当管理员。战争爆发后，他自愿离开老家投军报国，在海军情报局驻马耳他分部做军需官。战争结束后，他即将复员回开曼群岛时，心情非常沉重，但突然被情报局加勒比海地区的部门负责人看中了。他曾在摄影等艺术方面受过严格训练，在牙买加某要人的推荐下，在《每日文摘》谋得了美术编辑的职位。

他主要负责处理世界各大通讯社提供的新闻图片。工作之余，他得按照从未谋面的某个人的电话指示，做一些简单易行、只需勤快谨慎就能办好的事。作为酬劳，他每月可以获得20英镑。这笔钱名义上是他在英国的一个远亲寄给他的，存在加拿大皇家银行的账户上。

福西特现在的任务是为邦德传送消息，他必须立即把伦敦来的指示用加急电报传给正在法国的邦德，署名达西尔瓦。上级告诉他，为了避免当地邮局的怀疑，所有来往的电讯名义上都应是商业通信。于是，他以《航运通讯与图片》杂志社特约记者的身份，频繁向英法两国传递相互发出的情报。他干这项工作，每月可以得到10英镑的额外报酬。

他对自己的工作成绩很满意，期待着帝国勋章和分期付款购买的莫里斯小车。他还买了一个渴望已久的绿色眼罩，这可以帮助他将美术编辑的身份装得更像。

这些相关背景邦德都了如指掌。他已经习惯于这种遥控手段造成的距离感了，所以，他觉得在回复M的指示前，还有一两个小时的空闲时间。其实他心里很明白，这种距离感也许是假的，说不定在皇家赌场就潜伏着另一个特工，在暗中监视自己的行动，向上级直接汇报。但他的确感觉，自己离摄政公园附近情报局大楼的头头们，并非只隔着150英里的英吉利海峡，头头们也因通讯距离的延长而无法清楚了解他的一举一动。正如金斯敦的开曼群岛人福西特，他知道如果他是用现金一次买下了莫里斯轿车，而不是分期付款的话，那么伦敦就会知道或者想知道这笔钱是从哪儿来的。

他把电报看了两遍，从服务台的便笺本上撕下一张电文纸，用大写字母写起回电来：

来电收悉，款够用，感谢。邦德。

他把电报稿递给服务员，然后把达西尔瓦的来电放进口袋。这时，他突然想到，如果有人想偷看这封电报或弄混电报内容，只需买通这个服务员就可以了。

他拿着钥匙，跟服务员道了声晚安，紧接着转向楼梯，朝电梯司机摇了摇头，表示他不坐电梯。他知道电梯是一种危险的信号。二楼有人潜伏，电梯一开就会打草惊蛇。还是谨慎为妙。

他踮起脚轻轻地爬上楼梯，忽然开始后悔自己通过牙买加给M回复的做法实在是太自大了。作为一个赌徒，以小搏大是极大的失误。不过，M也不可能给他太多经费。他耸了耸肩，转过楼梯来到走廊，轻轻地朝自己的房门走去。

邦德很清楚电灯开关的位置，他一把推开门冲进门廊，一手开灯一手摸枪。空荡安全的房间嘲笑着他。他没理半开的浴室门，锁上房门，径直走进卧室，打开床头灯和壁灯，把枪扔在窗户旁边的沙发上。

他弯下腰，检查了离开前放在写字台抽屉沿上的一根头发，发现它仍在原处。接着，他又检查了衣柜瓷把手的内面，离开前撒的那一点儿爽身粉没有残缺的痕迹。他走进浴室掀起马桶盖核实了一下，没问题，水面没变，依然贴着铜质阻塞球上的刻痕。

检查完这些防盗小设施，他才放松下来。他并不以为这样做荒谬可笑或神经过敏。这是间谍的职业素养，也正是由于对这些专业细节的注意，他才能活到现在。保持谨慎小心的习惯对他来说是应该的，就如深海潜水员或飞机试飞员，或其他那些刀口舔血过活的人一样。

邦德很高兴他在赌场的这段时间里，他的房间没被搜查过。他脱了衣服冲了个冷水澡，然后点燃这一天的第70根香烟，坐在放着一厚沓钞票的桌子旁，一边清点一边在小本子上记账。经过两天的角逐，他差不多赢了300万法郎。他从伦敦带来的赌本是1000万法郎，后来又向伦敦要了1000万法郎，从福西特的电报得知这笔钱已经汇出。这样，他的赌本就有2300万法郎，约23000英镑。

邦德盯着窗外黑色的大海，一动不动地坐了一会儿，然后把这捆钞票全部塞进华丽的单人床上的枕头下，紧接着刷牙关灯，轻松舒适地钻进粗糙的法国被单里。他身子侧向左边躺了10分钟，回想这一天中的活动，然后翻过身准备进入梦乡。

他的最后一个动作是用右手放进枕下摸索，直到触到点38口径的柯尔特手枪的木柄。他睡着后，热情和幽默暂时从他脸上消失了，恢复成原本讽刺、残忍而冷酷的样貌。

第二章
一份备忘录

"锄奸团"的俄语由"消灭"和"奸细"两词缩合而成，组织地位高于苏联内务部，由贝利亚亲自领导。

　　两周前，一份备忘录从军情六处^①的苏联部（S部）传到了M局长手上，M是英国国防部这家附属单位的最高领导。

　　呈送：M局长

　　发自：S部主管

　　主题：消灭勒基弗的行动计划。

　　勒基弗是本局在法国的主要对手之一，他的公开身份是"阿尔萨斯工会"的会计主任，该组织性质为法国共产党控制的阿尔萨斯重工业及运输业工会。一旦战争爆发，该组织将成为红色苏联重要的第五纵队。

　　文件材料：附件1：勒基弗个人档案；附件2：苏联锄奸团概要。

---

　　① 全称是英国陆军情报六局，又称秘密情报局。——编者注

正文：种种迹象表明，勒基弗的境遇日趋不妙。他是苏联倚重的得力走狗，但他那强烈的生理习惯和嗜好成为他致命的弱点。我们不时借助这些弱点钻到空子。比如，他的一个情妇（欧亚混血女性）就是我方驻法国情报站的工作人员（1860号）。最近，她获得了他的一些秘密事务的情报。

简单说来，勒基弗似乎正面临着一次经济危机。1860号注意到他的某些细小征兆，比如：谨慎地出售了一些珠宝；卖掉了昂蒂布①的一幢别墅；开始缩减日常开支，一改过去大手大脚的消费方式。在法国国防情报局的帮助下，我们进一步弄清了情况。以下是事情的始末：

1946年1月，勒基弗买下了一家名为"逍遥宫"的连锁妓院，开在诺曼底和布列塔尼。为了买下这些妓院，他非常愚蠢地挪用了列宁格勒第三处交给他保管的大约5000万法郎。这些钱是列宁格勒第三处给阿尔萨斯工会的活动经费。

按理说，色情行业是最容易赚钱的。勒基弗想用他能调动的资金进行投机活动，其动机不排除借此机会积累工会本身的资金，以扩大工会的实力，但最主要的还是满足个人的淫欲。很显然，如果他不是受到那些可供自己玩弄、又可以为自己赚钱的女人的诱惑，这笔钱完全可以投到比妓院更有意义的地方。

很快，他的命运开始逆转。

仅仅三个月以后，在4月13日，法国众议院忽然通过了第46685

---

① 法国市镇名，位于地中海沿岸，隶属于滨海阿尔卑斯省。——编者注

号法案——《关闭色情场所，全力取缔卖淫活动法案》。

（读到上面那堆引用的拗口法文，M忍不住按着对讲机气呼呼地问："S部主管吗？"

"是的，局座。"

"这个该死的词是啥意思？"他拼出了单词。

"就是'拉皮条'的意思，局座。"

"这里不是语言学校，S部主管。如果你要卖弄外语知识，最好到学校去。下次记住，用英语！"

"对不起，局座！"

M松开对讲机按钮继续读报告。）

这一法案就是众所周知的理查德法案，法案规定关闭所有低级下流的场所，禁止出售一切黄色书籍、图片和电影。这几乎是在一夜之间宣告了他投资的破产，勒基弗忽然要面对工会的严重赤字问题。他使出浑身解数，将妓院变成赌场，利用法律漏洞私下安排那些嫖客。他还继续经营着一两个专放色情电影的地下电影院。但这些改变经营的做法填补不了他开支的漏洞，更转移不了警察对他的注意。他千方百计想卖掉妓院，哪怕赔本也行，但以失败告终；同时，警察咬住了他的尾巴，很快，他的20多家妓院都被勒令关闭。

警察对他感兴趣，一开始只是因为他是妓院大老板，后来通过调查他的财务状况，加上主管情报的法国国防情报局的密切配合，他们很快查出，勒基弗经管的工会账目上有5000万法郎的亏空，而他本人正是工会的会计兼出纳主任。法国人和我们一样，清楚地意识到了事态的严重性。

　　然而，此事似乎并未引起列宁格勒的怀疑，但不幸的是，勒基弗却让锄奸团察觉到了。据波兰站报告，上个星期锄奸团的一个高层工作人员已离开华沙，通过东柏林去往斯特拉斯堡。不过，这个消息尚未得到法国国防情报局和斯特拉斯堡当局的证实。我们安插在勒基弗总部里的一个双重间谍（非1860号）也没有对此事有任何表示。

　　如果勒基弗知道锄奸团正在跟踪他或对他产生了一丁点儿怀疑，那么他只有两条路可走：自杀或逃亡。但他目前的计划表明，在他孤注一掷的时候，他完全不知道自己危在旦夕。他可能要制订一个冒险的行动计划。针对他的行动，我们的对策附在文末。

　　据我们分析，他是想效法那些亡命之徒，赌上最后一笔本钱大捞一把，以弥补亏空。毕竟，做证券交易收效太慢；贩运黑市药品如青霉素或可的松什么的，也没有进货渠道，而且即使赚到了，也不一定能拿到钱，倒很可能被杀死。

　　我们已经从其他方面获悉，他从工会金库中取走了最后的2500万法郎，并于两星期前在郊区（迪耶普①北边）租了一幢别墅。

　　据推测，今年夏天皇家赌场将出现欧洲最为盛大的赌况。为了从勒图凯或多维尔那里吸引游人赌客，埃及财团"穆罕默德·阿里·辛迪加"（据说有皇室背景）已经与它的希腊合作伙伴联合出资，获得了百家乐和十一点高额赌局的举办权。这次盛会的宣传活动很热烈。欧美许多著名赌客都已在皇家赌场订了席位，本地所有大旅

---

① 法国北部城市，临拉芒什海峡（英吉利海峡）的港口。——编者注

馆的房间也已经预订客满。届时，这个古老的海滨胜地很有可能恢复其在维多利亚时期的鼎盛景象。

综上所述，我们十分肯定，勒基弗前往皇家赌场的真正意图是打算在6月15日左右用他从工会金库中提走的最后的2500万法郎作为赌本，在百家乐赌台上赢足5000万法郎，既挽回损失又保全小命。

行动建议：利用这个机会狠狠打击勒基弗这一苏联的得力走狗，不仅极大地符合我国利益，也维护了北大西洋公约组织各国的安全。暴露他在财务上的贪污行为，使其破产，使其名誉扫地，进而使这支有近5万名会员、并能在战争爆发时控制法国北部边境地区的第五纵队因此土崩瓦解。（附注：暗杀是无意义的，列宁格勒将会迅速补偿亏空款额，并追认他为烈士。）

我们提议：派出情报局精通赌博的特工，带上足够的资金前往皇家赌场，在赌局中打败他。风险是显而易见的，一旦失手，本局很可能损失许多资金，但机会难得，成功的概率还是有的。

如果我局不宜实施这次行动，可将我们的情报和建议提供给法国国防情报局或者美国中央情报局。建议与这两个机构联合实行计划。下面附上有关勒基弗的资料和苏联锄奸团简介。

签名：S

附件1：勒基弗个人档案

姓名：勒基弗

化名：有各种变化，在各国语言中都意为"编码""代号"。

原籍：不详。

1945年6月，勒基弗作为德国达豪集中营的一个囚犯出现在美军占领区的难民营里。表面上看，他患有记忆缺失和声带麻痹两种症状（可能为捏造），后通过治疗可以说话，但他仍然声称记忆大部分丧失，只知道自己来自阿尔萨斯-洛林地区，1945年9月被转移到斯特拉斯堡。无国籍护照号码是304596。所用的名字是"勒基弗"（意为：只是护照上的一个号码）。没有教名。

年龄：约45岁。

容貌特征：身高173厘米，体重227斤。肤色苍白。不蓄胡子。留平头，红褐头发。眼珠呈深棕色，虹膜周围一圈呈白色。口小，声音如女人。镶有昂贵的假牙。耳朵小，但耳垂大，表明他有犹太血统。手小，多毛。双脚也小。就种族问题来说，他也许是地中海沿岸居民同普鲁士人或波兰人的混血儿。穿着讲究，外表整洁，通常穿着黑色双排纽扣的西服。烟瘾很大，爱抽伍长牌香烟，用尼古丁过滤烟嘴。有吸苯丙胺①的习惯。说话声音柔和平稳，精通法语和英语，德语也流利，有点儿马赛口音。态度严肃，不苟言笑。

习性：总体上生活奢侈，但花钱谨慎。性欲强烈，有性鞭挞癖。高速驾驶能手，擅长手枪射击，也是匕首和徒手搏斗的行家。经常随身携带三把永锋牌剃刀片，分别藏于帽檐、左脚的鞋跟和香烟盒中。熟悉会计和算术知识。精通赌博。身边有两个衣着考究的持枪保镖：一个是法国人，一个是德国人（详细资料可在档案室查阅）。

---

① 一种化学合成药品名，后衍生出冰毒、摇头丸等毒品。——编者注

结论：一个强大而危险的苏联密探。由列宁格勒第三处通过巴黎控制。

签名：档案保管员

附件2：苏联锄奸团概要

情报来源：根据本部档案室的资料和法国国防情报局及华盛顿中央情报局提供的材料汇编而成。

"锄奸团"的俄语由"消灭"和"奸细"两词缩合而成，组织地位高于苏联内务部，由贝利亚[①]亲自领导。

总部：位于列宁格勒（分部在莫斯科）

该组织的主要任务是消灭国内外有各种形式的背叛变节行为的苏联秘密间谍和秘密警察。它是苏联最为强大和恐怖的组织，众所周知，它执行的任务从未失败过。

逃亡墨西哥的布尔什维克元老托洛茨基被暗杀事件（1940年8月22日）即由锄奸团所为。由于苏联的许多特工和组织此前的暗杀都未成功，所以这次暗杀的成功为它赢得了极大的名声。

接着，希特勒进攻苏联的时候，锄奸团再次闻名遐迩。其组织迅速扩大，在1941年苏军撤退时用以处决叛徒和双重间谍；同时，在没有明确规定的情况下，充当苏联内务人民委员会的处决队。

战后其组织本身进行了一次彻底清洗，现在它只包括几百名高素质的人员，分别隶属于以下五个处：

[①] 拉夫连季·巴夫洛维奇·贝利亚，苏联政治家，秘密警察首脑。——编者注

一处：负责苏联在国内外的反间谍活动。

二处：拟订行动计划，包括处决。

三处：主管行政与财务。

四处：主管人事监察。

五处：主管检举，对所有被告做最后判决。

战后，我们只抓到过一名锄奸团特务，名叫格拉乔夫，化名加勒德·琼斯。他于1948年8月7日在伦敦海德公园打死了南斯拉夫大使馆的军医佩奇奥拉。格拉乔夫在审问时，吞食装有浓缩氰化钾的纽扣自杀。除了承认自己是锄奸团成员并为此感到非常自豪外，他没吐露出任何情报。

我们相信，下列英国双重间谍是锄奸团的牺牲品：多诺万、哈普万斯、伊丽莎白·杜蒙、文特诺、梅斯、萨瓦林。（细节请参见Q部门档案）

结论：应尽一切努力进一步了解该强大组织的内幕，并消灭其特工人员。

第三章
00组的成员

你会有足够的资金，高达2500万法郎，和他的钱一样多。我们先给你1000万法郎，等你到那儿侦察过之后，我们再给你汇去1000万法郎。剩下的500万法郎你自己去赚。

　　S部主管对消灭勒基弗的计划非常自信，几经考虑后，他决定向M局长面呈自己的计划。他拿起备忘录，踏上楼梯，来到这幢能够俯视摄政公园的阴暗大楼的顶层，穿过蒙着绿色粗呢布的大门，沿着走廊来到末端的一间房子。

　　他步履矫健地走进M局长的参谋长的办公室。这位参谋长曾经是一名年轻有为的工兵军官。在1945年的一次破坏行动中负伤后，他改做文职工作，从秘书一直晋升到参谋长委员会的参谋长。他虽然长期从事情报工作，但始终保持着幽默感。

　　"听我说，比尔，我想给局座看点儿材料。现在是时候吗？"

　　"你说呢，潘妮？"参谋长转身征求和他在同一个办公室工作的M局长的私人秘书的意见。

　　莫妮潘妮小姐长得十分迷人，但眼里充满了冷漠、直率和挖苦。

　　"应该可以。今天早上他在外交部赢了一把，下面的半个小时他没有约会。"她冲着S部主管笑了笑，算是鼓励，因为她喜欢他的为人，喜欢他那个重要部门。

"那太好了！这是大家伙，比尔。"S部主管递过带有表示"绝密"红星的黑色卷宗，"看在上帝的分儿上，但愿你给他时，他会感兴趣。请告诉他，我在这儿等着，敬候他定夺此案。如果他要询问某些细节，我随时可以提供。拜托你们二位，在他看完卷宗之前，不要用其他事情打扰他。"

"好吧。"参谋长按了一下按钮，朝桌上的内部对讲机倾过身去。

"什么事？"一个平静、低沉的声音问道。

"S部主管有一份紧急公文要请您批阅，局座。"

里面停了一下。

"把它拿进来吧。"对方说道。

参谋长松开了按钮，站了起来。

"谢谢，比尔，我就在隔壁。"S部主管说。

参谋长拿起备忘录穿过办公室的双开门，走进M的办公室。一会儿他出来了，门上方的一盏小蓝灯亮起来，这表示局长正在处理要务，不要打扰他。

后来，S部主管得意扬扬地对他的副手说："因为最后那一段话，我们差点儿毁了自己。局长认为，这是颠覆和敲诈。他非常严厉地批评这一点。但不管怎样，他批准了，说这是个疯狂的计划，但如果财政部支持的话还是值得一试的，他认为财政部可能会同意拨款。他将对他们说，这是一次很有希望的赌博，比我们上次买通那个在这里'政治避难'几个月后就变成双重间谍的俄国上校的希望大得多。而且他非常渴望得到勒基弗，何况他已经找到了合适的人选来执行这个任务。"

"是谁？"副手问。

"一个00组的成员，我猜是007。他非常坚强，局长认为他完全可以应付勒基弗那两个保镖。他玩牌很在行，否则就不会在战前派他去欧洲赌城蒙特卡洛干了两个月，以监视罗马尼亚人怎么用隐形墨水和墨镜作弊。他和法国情报局合作，在赌台上大获全胜，足足赢了100万法郎。当时这些钱算是不少了。"

詹姆斯·邦德和M的会晤十分短暂。

"怎么样，邦德？"邦德读了S部主管的报告，又盯着接待室窗外公园中的树看了10分钟，回到办公室后，M这样问道。

邦德注视着对方那双精明、清澈的眼睛。

"不错，先生，我喜欢这差事。但我不敢保证取胜。赌桌上的情形瞬息万变，赌'百家乐'只有三到四成的胜算，仅次于'卡洛蒂①'。如果我运气不佳，分到一手臭牌，那可能一盘就输光了，自然也会被踢出局。这玩意儿的赌注相当高，一开局赌注就高达50万法郎，我是这样想的……"

邦德的话被那双冷漠的眼睛制止住了。M早就知道这些情况，知道这种赌博的取胜机会究竟有多少，比邦德还了解。这是他的工作——了解局势的一切变化，了解对方和己方。邦德觉得自己应该对这种担心保持沉默。

---

① 一种赌博方式。——编者注

"勒基弗也可能分到一手臭牌。"M局长说，"你会有足够的资金，高达2500万法郎，和他的钱一样多。我们先给你1000万法郎，等你到那儿侦察过之后，我们再给你汇去1000万法郎。剩下的500万法郎你自己去赚。"他笑了起来。"在大赛开始之前，你先熟悉几天。你的食宿、交通及其他装备Q部会安排。会计主任将为你筹集好资金。我马上与法国国防情报局联系，请他们给予帮助。那是他们的地盘，如果他们不引起纠纷，我们就很幸运了。我会设法说服他们派马西斯和你配合。我记得你和他在蒙特卡洛合作得很好。因为北约组织的关系，我也将通知华盛顿。中央情报局在枫丹白露的联合情报处有一两个优秀的情报员。还有别的事吗？"

邦德摇了摇头："我喜欢和马西斯配合，先生。"

"不错，期待你的表现。如果你赢不了，我们就有好戏看了。小心一点儿，虽然听起来是一件很有趣的差事，但我不这样认为。勒基弗是个狠角色。好了，祝你走运。"

"谢谢，先生。"邦德说完，走向门口。

"等等。"

邦德转过身来。

"邦德，我想，你需要一个人掩护。两个头脑总比一个强，何况你也需要有个人帮你联络。我已经想好了，他将在皇家水城和你取得联系。你不必担心，我会派个能干的人去。"

邦德更喜欢单打独斗，但他没和M争辩。他走出房间，心中期望他们派来的这个人服从性强，不要太笨，没有炫耀的毛病。干这一行炫耀是最糟糕的。

第四章
隔墙有耳

他叹了口气。在执行任务中，女人往往很碍事，经常因为她们的性别、自尊心和情绪化而成为负担。到头来还要男人照顾和保护她们。

两个星期后，詹姆斯·邦德住进了皇家水城的辉煌酒店。一些往事正在他的脑海里重现。

两天前，他于午餐时间准时抵达皇家水城，没有人来和他接头。当他在登记表上写下"牙买加，玛丽亚港，詹姆斯·邦德"时，没有人投来好奇的目光。

M建议不必用化名执行任务。

"一旦你开始在赌桌上跟勒基弗对垒，你将无法继续隐瞒。"他说，"化名只在一般公众场合使用。"

邦德很熟悉牙买加，所以他以那里作为身份背景。他的身份是一个牙买加富二代，父亲在烟草和甘蔗买卖中发了财，而他本人则选择股市和赌场作为发财的途径。如果有人打听他的底细，可以去金斯敦找卡弗里公司的查尔斯·达西尔瓦，那是他的律师代理人。查尔斯将证实他所说的话。

邦德将两个下午和两个晚上的大部分时间都花在了赌场里，用累进制方式专买轮盘赌的偶数。在百家乐赌台上，只要有人邀请他玩，他便会奉陪，押一把大注。如果输了，他将跟进一次；如果第二盘又输了，他就不再跟了。

他用这种方法赢了大约300万法郎，使自己的神经和牌技得到了一次彻底锻炼。他已把赌场的地形和布局深深地印在了脑中。更重要的是，他设法侦察了勒基弗的表现，并且不幸地发现，勒基弗是一个了不起的幸运赌徒。

邦德喜欢丰盛的早餐。洗了冷水澡后，邦德坐在窗前的写字桌旁。他看着窗外晴朗的天气，解决了半杯冰镇橘子汁、三个煎蛋一份熏肉，还有一杯加倍不加糖的咖啡。然后，他点燃了当天的第一根烟。这种烟是由巴尔干和土耳其两地的烟叶混合而成，是格罗夫纳街莫兰香烟厂为他特制的。他望着窗外，波浪轻轻拍打着长长的海岸，来自迪耶普的渔船排成一行，在6月的高温下航行，一群海鸥在船后嬉戏，追逐着鲱鱼。

正当他沉思时，电话铃响了起来。是门房打来的，说是一个斯腾托尔收音机公司的主管在下面等他，他带来了邦德从巴黎订购的货物。

"好的。"邦德说，"请他上来吧。"

这就是来自法国国防情报局、与邦德联系的联络人，邦德看着房门，希望在门口出现的是马西斯。

当马西斯走进来时，他装成一副受人尊敬的商人模样，手里提着一只大匣子。邦德笑容满面地迎上去，准备欢迎的寒暄，可马西斯却皱起眉头，谨慎地关上门，抬起那只空闲的手示意邦德先别说话。

"我刚刚从巴黎抵达这里，先生，这是你订购的试用品，有5个电子真空管，超外差式，我想在英国是这么称呼的。你可以用它在辉煌酒店收听欧洲大多数国家首都的广播节目。这里周围40英里内没有任何高山阻挡。"

"听起来不错。"邦德说着，扬起眉毛表示领会。

马西斯装作继续办理移交手续。他解开收音机套，将它放在壁炉下电暖气旁的地板上。

"刚过11点，"马西斯说，"我们可以用中波来收听在罗马的香颂乐团的歌唱表演。他们正在欧洲巡回表演。让我们试试这设备的接收功能，这应该是一次很好的测试。"

他眨眨眼睛。邦德注意到他已把音量调到最大，亮着的红灯表明长波已经在工作，但收音机还没有声音。

马西斯拨弄着收音机的后部，突然，一阵极为震耳的吼声充斥了整个房间。马西斯的目光在收音机上愉快地停驻了几秒钟，然后关掉，他的声音显得非常沮丧。

"我亲爱的先生，请原谅，我没有调好。"他再次弯腰拨弄转盘。调整几下后收音机里终于传出一支音色优美的法语歌曲，这时，马西斯上前在邦德背上大力拍了一下，同时伸手紧紧握住邦德的手，把他的手指捏得生疼。

邦德回以微笑。"究竟怎么回事？"他问。

"我的老朋友，"马西斯语调激动，"你暴露了！——看上面。"他指着天花板。"这会儿楼上的芒茨先生和他所谓的夫人想必已被这混声合唱的洪亮歌声震聋了，绝对聋了。他俩声称患了流行性感冒卧床不起，我想他们一定很气愤。"他边说边笑，看着邦德怀疑地皱着眉。

随后，他坐在床上用手指打开一包香烟。邦德等着他解释。

马西斯对自己的话产生的气氛感到很满意，他变得严肃起来。

"我不知道事情是如何发生的。他们肯定在前几天就知道你一定会来。对手在这里很有势力。你楼上住的是芒茨夫妇。男的是德国人，女的是中欧某国人，也许是捷克人。这是老式酒店。这些电炉的后面是废弃不用的烟囱。就在这里，"他指着电炉上方十几厘米的地方说，"藏着一个强力接收器，线路穿过烟囱直通到楼上芒茨夫妇的电炉后面，那里再接上一个音频放大器。他们的房间里有一台钢丝录音机和一对耳机，以供他们轮流监听。这就是芒茨夫人得了流行性感冒并且三餐都在床上吃的原因，也是芒茨先生始终陪伴着她，既不去享受这个美丽的疗养胜地的阳光也不去赌博的原因。

"我们之所以知道这些情况，是因为我们法国情报部门非常聪明能干。在你抵达这里之前的几个小时，我们已经松开电炉后面的螺丝检查过。"

邦德有些怀疑地走过去，仔细地检查墙上嵌板的螺丝，发现螺丝槽里果然有微小的擦痕。

"现在又该背一段台词了。"马西斯说。他走到仍然传出密集歌声的收音机旁，关上开关。

"你感到满意吗，先生？"他问，"你都听见了，传来的音乐很清楚，那歌声不是很优美吗？"他用右手转了一圈，抬起眉毛向邦德示意。

"真是太棒了！"邦德说，"我还想听听这个节目。"他一想到芒茨夫妇此刻一定在交换着气愤的目光就觉得好笑："这个机器确实很好，正是我要买下来带回牙买加的那种。"

马西斯讽刺地朝他做了个鬼脸，然后又打开收音机转回罗马的节目。

"你和你的牙买加。"他说着又在床上坐了下来。

邦德皱着眉看着他。"好了，别做无用的后悔。"他说，"我们的伪装也瞒不了很长时间，但令人担心的是他们这么快就识破了。"他的大脑费劲地搜索着可疑的线索。难道俄国人已经破译了我们的密码？如果是的话，他想自己最好打包回家。他和他的任务已经暴露了。

马西斯似乎猜透了邦德的心思。"不可能是密码，"他说，"但我们还是马上告诉了伦敦，他们立即更改了密码。我们替你们引出了大乱子。"他对同行报以一笑，接着说："我们得在音乐节目结束之前，把正事交代完毕。"

"首先，"马西斯深深地吸了一口烟，"你会非常满意你的助手的。她很漂亮。"邦德皱起了眉头。"确实非常漂亮，"马西斯很满意邦德的反应，继续说道，"她长着黑头发，蓝眼睛，有着诱人的……呃……身段，前凸后翘。"他补充道："她是一个无线电专家，尽量不考虑她的性别的话，她是'斯腾托尔收音机公司'的一名优秀员工，协助我在这美丽的夏季来这儿向那些富人推销收音机。"他笑了起来，"我们俩也将住在这家酒店。如果你新买的收音机出了故障，我的助手可随时为你检查。所有的新机子，只要是法国产的，顾客买下后的一两天内都会出现一些小故障，而且通常是在夜间。"他不停地眨了几眼。

邦德并不高兴。"为什么他们要派一个女人来？"他愤怒地说，"他们是不是认为这是一场该死的野餐？"

马西斯插了话。"镇定，我亲爱的詹姆斯。她就是你所期望的那样，正经得像冰一样冷酷。她的法语说得像本地人一样流利，懂得秘密工作的各种规定。派她来掩护你真是再合适不过了。你在这里挑个漂亮的姑娘，这是很自然的事。你是一个牙买加的百万富翁，"他轻声咳嗽了几声，"一个血气方刚的小伙子，没有漂亮女伴反而使人生疑。"

邦德疑心重重地哼了一声。

"还有什么惊人的消息吗？"邦德疑虑地问。

"没什么了。"马西斯答道，"勒基弗现在住在他的别墅中，离海岸公路大约10英里。他身边有两个保镖，看起来都是很能干的家伙，其中一个家伙去过一个膳宿公寓。三个可疑的人于两天前住了进去，也许和勒基弗是一伙儿的。他们的证件符合规定，是无国籍的捷克人，但我们的一个人说，他们在房间里交谈的语言是保加利亚语。那些人在我们这里很少见，多数被用来对付土耳其和南斯拉夫人。他们很愚昧，但很服从。俄国佬只是利用他们当打手，或者让他们为比较棘手的事做替死鬼。"

"非常感谢。还有什么事吗？"邦德问。

"没有了。午饭前到隐士酒吧来，我把你的助手介绍给你。今晚你可以请她吃晚饭。然后，你和她一起去赌场就很自然了。我也会去那儿，但只是在暗中助你一把。我还会派一两个很有本事的人，随时保护你。哦，有一个叫雷特的美国人也在这里。他叫菲力克斯·雷特，是中央情报局驻枫丹白露的特工。伦敦方面要我转告你，他很可靠，在这里也许很有用。"

一阵意大利语欢呼声从地上的收音机里迸发出来，演出已近尾声。马西斯把收音机关掉，两人谈了一会儿收音机的事，还有邦德应该怎样付款的问题。然后，马西斯说了几句热情洋溢的告别话，最后眨了一下眼睛，退出了房间。

邦德坐在窗旁整理头绪。马西斯说的事没一件使他安心。他已经被人盯上了，处于真正的职业特工的监视之下，说不定他在上赌桌前就已经被敌人干掉了。俄国毛子素来杀人不眨眼。现在又来了这样一个讨厌的姑娘做累赘。他叹了口气。在执行任务中，女人往往很碍事，经常因为她们的性别、自尊心和情绪化而成为负担。到头来还要男人照顾和保护她们。

"贱人！"邦德骂了一句，突然，他想起了芒茨夫妇，又大声重复了一遍。

第五章
总 部 女 郎

邦德被她的美貌和文静所吸引，一想到日后将与她合作就感到兴奋。同时，他又对这种从天而降的好运感到一种莫名的焦虑。

邦德离开辉煌酒店时是中午12点，那时，市政厅的大钟正慢慢传来乐曲。空气中散发着松树和含羞草的浓郁芳香，赌场对面的花园刚刚洒过水，点缀着花圃和碎石铺成的小道。这种氛围更适合于芭蕾舞剧而不是音乐剧。

阳光灿烂，空气中充满着欢乐和活力。看起来，一切充满希望，这个海滨小城在几经盛衰后，又开始了新的时尚和繁荣。

皇家水城位于索姆河口，平坦的海岸线从南部皮卡第海滩延伸至通往勒阿弗尔的布列塔尼峭壁。它与附近的特鲁维尔一样，经历了相似的发展历程。

皇家水城开始只是一个小渔村（那时还没有矿泉）。在第二帝国时期发展成了一个有名的供上流社会人士度假享乐的海滨胜地，与特鲁维尔一样声名远扬。但后来，多维尔压倒了特鲁维尔。经过漫长的衰落之后，皇家水城终于也被勒图凯取代。

20世纪初，当这个小小的海滨城市还很不景气时，命运之神给它带来了转机。当时，人们开始意识到旅游胜地不应只提供娱乐，还要疗养身体。在城后面的山中有一个天然矿泉喷出的硫化泉水，有助于治疗人的肝病。而大部分法国人的肝脏都有毛病。于是它一跃发展为"皇家水城"，意思就是出产一流矿泉水的城市。矿泉水装在鱼雷形的瓶子里，开始堂而皇之地出现在法国各大酒店和列车餐车的菜单上。

但它没能长久地与维希、佩里尔和维特尔等强大资本财团相抗衡，还卷入了一系列的诉讼案件，许多人为此付出大量财力，很快这种矿泉水被限定只能在本地销售。幸好这里每年夏季有英、法两国的游客前来度假，冬季则靠渔船出海打鱼，人们的生活还算不错。

皇家赌场那巴洛克式的建筑非常壮观，带有浓烈的维多利亚时期的高雅豪华的风格。1950年，皇家赌场吸引了巴黎的一个大财团前来投资。

布赖顿经历战争后刚开始复苏，尼斯也是，而皇家赌场则迎来了牟取暴利的黄金时代。

它的外观被重新漆成原来的白色和金色，室内墙壁都被漆成淡灰色，还饰有紫红色的地毯和窗帘。天花板上吊着巨大的枝形吊灯。花园修整一新，喷泉又喷出了高高的水柱。辉煌和隐士两大酒店粉刷一新，吸引着往来的客人。

如今这个小小的城市和古老的港口正展开欢迎的笑颜，准备大赚一笔。受免租优惠和游客激增的刺激，主街道两侧遍布来自巴黎的著名珠宝和时尚女装的分店。

后来穆罕默德·阿里财团与赌场股东联手，推动了博彩业的发展。如今大家都相信，当年的海滨度假胜地，被勒图凯抢走生意多年后终于卷土重来。

面对如此灿烂闪亮的背景，邦德伫立在骄阳中，感到自己的任务与这景色是多么的风马牛不相及。在强大敌人的监视下，他感到了前所未有的挑战。

他满不在乎地赶走短暂的不安，绕到酒店后面下了斜坡来到车库。他决定在去隐士酒店赴约之前，开车沿着海岸公路，快速侦察一下勒基弗的别墅，然后由内陆公路返回。

汽车是邦德唯一的兴趣所在。他于1933年买的这辆4.5升排量的宾利轿车至今保养良好，它的引擎加装了增压器。战争期间他没用这辆车，把它小心地保管了起来，每年由一个前宾利公司的机械师进行维护。他就在邦德切尔西区公寓附近的一个汽修厂工作。邦德现在开这辆车时还感到十分顺手。这是一辆深灰色的折叠敞篷车，普通时速达到90英里，最高时速可达120英里。

邦德慢慢地把车开出车库上了斜坡，很快，随着排气管发出的噗噗声，汽车开上了林荫大道，穿过小镇拥挤的大街，顺着海滩向南驶去。

一个小时后，邦德走进隐士酒店的酒吧，选了一张靠窗的桌子坐下来。

酒吧里的豪华装饰深得男士们的喜爱，不少客人嘴上叼着欧石南名烟斗，他们脚下蹲伏的卷毛犬也增添了法国式的奢侈气氛。椅子上都有真皮靠垫镶嵌黄铜固定，桌椅一律是锃光闪亮的实心红木所制。窗帘和地毯的颜色是宝石蓝。男侍者们穿着条纹背心和绿呢围裙在大厅中来回穿梭。邦德要了一杯"美国佬"①，开始打量这些穿着非常讲究的顾客。他想这些人多半来自巴黎。他们坐在那儿津津有味、轻松愉快地交谈着，营造出一种戏剧性的交际氛围。

男士们尽情地喝着香槟酒，女士们则喝着"干马提尼"。

"我喜欢干马提尼。"邻桌一个女孩欢快地对同伴说道，她那不合时的毛呢衣非常整洁，"当然，要用戈登琴酒来调。"

"我同意，黛西。但你知道吗？加上一片柠檬皮味道更棒。"

邦德瞥见马西斯正走在人行道上，身形高大，他热情地与身边的一位穿着灰色衣服、长着深色头发的姑娘谈着什么。他用手挽在她肘上，但从他们的表情来看，还缺乏一股亲热劲儿，姑娘脸上还带着冷漠的神色，这表明他们两个只是单独的个体，而不是恋人。邦德等他们穿过街边这扇门走进酒吧来，却假装无视地继续看着窗外的行人。

"我想，这位一定是邦德先生吧？"马西斯那充满惊讶与高兴的声音从他身后传来。邦德也配合地激动而起。马西斯说："你独自待在这里？在等什么人吗？请允许我介绍一下我的同事琳达小姐。亲爱的，这位是来自牙买加的邦德先生，我今天上午有幸和他做了一笔生意。"

邦德微欠一下身子，含蓄地打招呼："很高兴见到你们。"他转向姑娘说："这里就我一个。你们俩愿意和我坐在一起吗？"他拉出一张椅子，当客人坐下后，又向一位男侍者示意了一下，不顾

---

① 用金巴利酒、味美思酒、苏打水及冰块兑成的餐前鸡尾酒。——译者注

马西斯坚持请客的要求，给马西斯要了一杯上等矿泉水，给姑娘要了一杯巴卡迪朗姆酒。

马西斯和邦德愉快地交谈起来，从皇家水城晴朗的天气聊到这个地方的命运转机。姑娘坐着沉默不语。她接过邦德递来的一支香烟，看了看便抽了起来。她毫不做作地将一小口烟深深吸进肺里，漫不经心地把烟从双唇和鼻孔里喷出来。她抽烟的动作显得优雅大方，轻松自然。

一瞬间，邦德感到了她强烈的吸引力。他和马西斯谈话时，不时地转向她，礼貌地把她引入交谈氛围之中，他每一次的瞥视都积累着对她的印象。

她乌黑的头发剪得整整齐齐，低垂在颈背上，衬托出下颌线条的清晰美丽。虽然浓密的头发随着她脑袋的灵巧移动而略显飘逸，但她并不急着用手拢回去，而是任其垂落。她双眼之间的距离正合适，深蓝色的眸子带着一种讥讽的、不感兴趣的神情直率地凝视着邦德，令他大为尴尬。她的皮肤有些轻度晒黑，除了在野性销魂的嘴唇上涂了口红，没有任何粉黛痕迹。她光洁的手臂使人想到她恬静的气质。指甲不涂指甲油，剪得很短，毫无做作之感。她的脖子上戴着一条纯金项链，右手无名指上戴着一枚大黄玉戒指。她那条中长连衣裙是灰色野蚕丝做的，方形的低领口挑逗似的衬托出丰满的胸部。裙子打褶并用花边收窄，但不单薄，腰间扎着一根七八厘米宽的手工黑色皮带。一只手工制作的黑色坤包放在她旁边的椅子上，和一顶金色草帽放在一起，帽顶环绕着黑天鹅绒带子，带子在帽后打成一个蝴蝶结。鞋子是朴素的黑革方头鞋。

邦德被她的美貌和文静所吸引，一想到日后将与她合作就感到兴奋。同时，他又对这种从天而降的好运感到一种莫名的焦虑。

马西斯注意到他神情不定，于是片刻之后他站了起来。

"请原谅，"马西斯对姑娘说，"我要给杜本打个电话，安排今晚宴会的事。今晚你要独自留在旅馆，你不介意吧？"

她摇了摇头。

邦德会意了。当马西斯穿过房间走向酒吧旁的电话间时，邦德对姑娘说："如果你今晚独自一人的话，你愿意和我共进晚餐吗？"

她带着神秘的微笑回答："我非常乐意。"她说："然后也许你会送我去赌场。马西斯先生告诉我，你在这里经常去。也许我会给你带来好运的。"

马西斯走后，她对邦德的态度突然温和起来，看来她已经知道他俩将是通力合作的搭档。他们热烈谈论着见面的时间和地点。谈完这一切后，邦德发现和她制订详细计划十分容易。他感到琳达对她自己在这次行动中扮演的角色很感兴趣，同时也很兴奋，并且很乐意和他配合。在和她建立起这种和睦的关系之前，他想象过许多障碍和隔阂，但现在看来，事情却极为顺利，他感到自己能直接和她讨论计划的细节。他甚至觉得不必那么假正经了。对于这个女人，他确实想和她共度良宵，但只能等到完成任务以后。

当马西斯返回桌旁时，邦德已经叫来侍应结账。他解释说他的朋友们在酒店等他一起吃午饭。当他握住她的手时，感到喜爱和理解之情在两人中产生。这在半小时前似乎还是不可能的事。

姑娘目送他出了门走到了林荫大道上。

马西斯把椅子移到她面前轻声说道："他是我非常好的朋友，我很高兴你们彼此能遇见。我感觉到两条封冻的冰河就要解冻了。"他微笑着。"我认为邦德这块冰还从未融化过，对他而言这是全新的体验，你也一样。"

她并没有直接回答他。

"他长得挺帅，让我想到了豪吉·卡迈克尔[1]，但他有点儿冷酷无情……"

这句评价还没有说完，突然在几英尺外的地方，整个厚玻璃窗户被震得剧烈摇晃起来，在距离很近的地方，发出了一声可怕的爆炸声。他们在椅子上都能感觉到强烈的震动。一瞬间死一般静寂。还有东西掉在了外面的人行道上。酒瓶倒在酒吧后面的架子上。接着大家发出阵阵尖叫，一窝蜂跑向大门。

"你待在这里。"马西斯说。

他踢开椅子，穿过空荡荡的窗口，跳到了人行道上。

---

[1] 美国著名歌手，1899—1981年。——译者注

第六章
两个戴草帽的人

在他的对面，有两棵大树被拦腰斩断，东倒西歪地躺在路中间。在倒下的两棵树之间还有一个冒烟的弹坑。那两个戴草帽的人什么残骸也没留下，但在马路上、人行道上、树干上，到处都留有斑斑血迹，还有闪光的碎片高高地挂在树枝上。

　　邦德离开酒吧，有意沿林荫大道一侧的人行道朝几百米外的酒店走去。他感到饥肠辘辘。

　　天气仍然十分晴朗，但此刻正是烈日灼人。幸好草地边每隔6米就有一棵法国梧桐，在人行道与柏油马路之间投下阴影，释放出一点儿凉意。

　　周围没什么人，只有两个男人沉默不语，站在林荫道对面的树荫下朝外张望。

　　当邦德和他们的距离还有100米时，就注意到了他们。他和那两人的距离跟他们和辉煌酒店的距离差不多。

　　他们的外貌使邦德感到十分不安，两人都很矮，都是一身黑大衣。邦德觉得这种打扮会很热。他们看上去是在等公共汽车去电影院。两个人各戴一顶带黑色缎带的草帽，颇有一点儿去旅游胜地度假的意思。阔帽檐和树荫使他们的脸模糊不清。与他们矮胖阴暗的身形不协调的是，他们胸前都有一件鲜艳夺目的东西。仔细一看，原来每人肩上都挂着一台方形相机。

一台是红色，另一台是蓝色。

当邦德注意到这些细节时，他离这两个男人只有50米远了。他正思考着各类武器的射程，以及当险情发生时如何取得掩护，这时，一个可怕的场景发生了。那个挂红相机的人向挂蓝相机的人点了点头，后者迅速从肩上取下蓝相机。邦德恰好被身旁一棵梧桐树的粗大树干挡住了视线。那人似乎是在摆弄他的相机。只见一道炫目的白色闪光，接着传来一声震耳欲聋的爆炸声。尽管邦德有树干的保护，还是被一阵强烈的热浪推倒在人行道上。热浪掠过他的双颊和腹部，犹如秋风扫过一般迅疾。他躺在地上，双眼仰望着天空。空气中仍然回荡着爆炸的余音，就像有人用大锤猛敲了一下钢琴的低音区一样。

当邦德眼花缭乱、头昏脑涨地半跪着站起来时，一块块肉屑和浸着鲜血的衣服像暴雨一样散落在他的四周，同时混杂着树枝及砾石，接着又落下许多嫩枝和树叶。四周传来玻璃碎裂发出的刺耳哗啦声。他蒙眬地看见天上悬挂着一团蘑菇状的黑烟，逐渐上升和消散。

空气中夹杂着烈性炸药、树木燃烧以及烤肉的怪味。林荫大道上50米距离内的树木都变成了光秃秃的焦炭。在他的对面，有两棵大树被拦腰斩断，东倒西歪地躺在路中间。在倒下的两棵树之间还有一个冒烟的弹坑。那两个戴草帽的人什么残骸也没留下，但在马路上、人行道上、树干上，到处都留有斑斑血迹，还有闪光的碎片高高地挂在树枝上。

邦德开始感到自己想吐。

马西斯第一个跑到他跟前。邦德正用手臂抱住树干想站起来。

多亏这棵树救了他的命。

他没有受伤，只是有些恍惚，只好听凭马西斯扶着自己走向辉煌酒店。酒店里的侍应和客人蜂拥而出，惊恐地议论着刚才的爆炸事件。远处响起救火车和救护车的尖啸声。他俩设法挤过人群，走上楼梯穿过走廊，进到邦德的房间。

马西斯首先打开壁炉前的收音机，邦德脱下身上那血迹斑斑的衣服，向马西斯描述刚才发生的一切。

听完邦德对那两个人的描述后，马西斯立刻拿起了邦德床边的电话。

"……告诉警察局，"他最后说，"告诉他们，来自牙买加的英国人受到炸弹袭击，但没有受伤。这事让我们来负责处理，请他们放心好了。半个小时后，我会向他们解释的。他们可以这样向新闻界解释，这是发生在两个保加利亚人之间的仇杀，他们已同归于尽；他们需要对在逃的第三个保加利亚人严格保密。我们必须不惜一切代价抓住这第三个。他肯定逃向了巴黎。要立即在各处设下路障，进行突击检查。明白吗？好了，祝你好运。"

马西斯转向邦德，听他讲完全部内容。

"噢！算你走运，"当邦德讲完时马西斯接嘴道，"很明显，炸弹是冲着你来的。他们一定是出了什么差错。他们本来想把炸弹扔过来，然后躲在树后。但整个事件以另一种方式发生了。不要紧，我们会找到真相的。"他稍作停顿，"不过，这件事表明情况很严重。看来这些家伙是在认真地对付你。"马西斯看上去被冒犯了。"但是，这些该死的保加利亚人想怎样逃脱追捕呢？红色相机和蓝色相机究竟有什么不同？我们必须尽快找到那台红色相机的碎片。"

马西斯咬着指甲，他很兴奋，双眼闪着光芒。看来这案子变得更可怕、更富有戏剧性了。不管怎样，很多人已经卷了进来。在邦德和勒基弗对坐赌台决一胜负的时候，他肯定不能只是在一旁为邦德拿拿衣帽。马西斯跳了起来。

"现在喝点儿酒，吃点儿午饭，休息一下。"他命令邦德说，"趁警察还没到现场用他们的黑靴子弄乱痕迹，我必须迅速调查这个案子。"

马西斯关掉收音机，朝邦德意味深长地挥手告别。门关上了，屋里又静了下来。邦德在窗旁呆坐了一会儿，享受着幸存的快乐。

之后邦德开始喝加冰的纯威士忌酒，品尝着服务员刚刚送来的肥鹅肝和冰镇龙虾，这时，电话铃响了起来。

"我是琳达小姐。"

声音有点儿低沉和焦急。

"你没事吧？"

"还好。"

"你没事我就放心了，请多保重。"

她挂了电话。

邦德摇摇头，然后拿起餐刀，选了一块最厚的烤面包。

他突然想到：他们报销了两个人，我的身边却多了一个女助手。这场战斗只是刚刚开始，好戏还在后头。

他把刀子放进盛着开水的杯子里，提醒自己给服务员双倍小费，感谢他送来这顿美餐。

第七章
鸡　尾　酒

赌场上的致命错误，就是把手气不好归咎于坏运气。运气总是受人的情绪左右。邦德把运气看作一个女人，应该温柔地爱抚或粗暴地蹂躏，绝不能勾引或纠缠。

邦德决定充分休息，以对付那场可能进行到后半夜的赌博。他预约了按摩师下午3点钟来。吃剩的午餐被端走后，他坐在窗旁悠然地欣赏海滩景色，直到3点钟按摩师敲门进来。

按摩师自称是个瑞典人。他默默地给邦德按摩起来，从脚到脖子，帮他放松紧张的身体，使他的大脑神经镇静下来。邦德左肩上擦伤的青紫肿块渐渐消失，两肋也不再阵痛。瑞典人走后，邦德很快便进入了梦乡。

他傍晚醒来时完全恢复了精神。

洗了个冷水浴后，邦德步行前往赌场。自从前天晚上以来，他的手气一直不那么顺，他需要重新调整状态，保持脸色红润、脉搏平稳。赌场老手赢牌的关键，一半靠直觉，一半靠精打细算。

邦德一直是个赌场高手。他爱洗牌时清脆的声音，还有那环绕着绿色赌台的不动声色出现的人物，他们总是带来戏剧性的场面。他喜欢牌室和赌场那种严肃安静的气氛，喜欢扶手上装着舒适衬底的椅子，喜欢肘边放着的香槟或威士忌酒杯，喜欢那些无微不至又安静从容的侍者。他一看见滴溜溜转的轮盘球就心花怒放，扑克是他的最爱。他喜欢当演员兼观众，坐在椅子上参与表演和决定，最后说出那至关重要的"跟"或"不跟"，通常只有百分之五十的机会。

最重要的是，他喜欢这种胜负全在一念间的感觉，是输是赢全靠自己。运气只是仆人而不是主人，它会被抛弃或者被完全利用。关键是必须保持清醒的头脑，胜而不骄，败而不馁，不能一旦有机可乘便贸然进攻。赌场上的致命错误，就是把手气不好归咎于坏运气。运气总是受人的情绪左右。邦德把运气看作一个女人，应该温柔地爱抚或粗暴地蹂躏，绝不能勾引或纠缠。但他也坦率地承认，他还没有吃过赌场和情场的苦头。他知道终有一天，他将会在运气和爱神面前屈膝投降。当那一天到来时，他知道自己也会和别人一样，心甘情愿地接受现实。

在这个6月的傍晚，当邦德走小路来到赌场大厅时，自信油然而生，他充满信心地把100万法郎兑换成了50个筹码，然后在一号轮盘赌台的荷官①身旁坐下来。

邦德要过记录卡，仔细地研究了一番自从下午3点钟开盘后各盘的胜负情况。他总是这样做，虽然他知道轮盘的每次转动、球每次落进号码槽都与前面的情况毫无联系。这游戏每次都是由荷官用

---

① 又称庄荷，是指在赌场内负责发牌、杀赔（收回客人输掉的筹码）的一种职业。——编者注

右手捡起象牙球，放进一个顺时针转动的轮盘里，使那个球在盘里逆时针绕几圈后随机落到相应数字的位置。轮盘转动的顺序、每格数字槽沟和圆筒的机械细节部分都是早就设计好的。经过多年的运行，这种游戏几乎已经达到完美无瑕的境地，任何人为的努力或偏差都不能影响象牙球的掉落情况。不过，有经验的赌客通常都会对过去的每盘赌博进行仔细的研究，总结出轮盘运转的特点和规律，例如，某个号码连续中了两次或者超过四次不中。

不过，邦德并不墨守成规。他只是认为，在赌桌上投入的精力和智慧越多，收获就越大。

这张卡片详尽地记录了3点钟以后的输赢情况，邦德发现了一点儿苗头，第三组数字，即25~36号，都不走运。他一贯都是按照规律押注，直到0号出现后再换一组。因此，他决定把最高赌额押在第一组（1~12）和第二组（13~24）上，每次下注10万法郎。这样，他的赢面就覆盖了三分之二的数字。只要球落在24以内的任何一个数字上，他都能稳赢10万法郎。

他玩了七次，赢了六次。在第七次中，球出了30，所以他输了。此时，他已经赢了50万法郎。第八盘他歇了一次，没有下注，这次刚好是0号中了，他算得挺准。然后，他决定在第一组和第三组下注，却输了两次，损失了40万法郎，但随后他的手气不断好转。当他最后从桌旁站起来时，总共净赚100万法郎。

邦德一开局就下最高赌注，使得他成了这桌的中心人物。看到他手气不错，开始有一两条小鱼跟着他这条鲨鱼找食。其中一个人坐在邦德对面，邦德看出他是个美国佬。他的神情特别兴奋，对邦德表现出特别的友好，仿佛他能和邦德平分赌金一样。那人还特地朝邦德笑了一两次。他紧随着邦德下注，甚至把他那两万法郎的小筹码谦逊地放在邦德的大号筹码边上。当邦德站起身时，他也把椅子拉开站了起来，隔着桌子愉快地发出邀请。

"跟着您沾光不少，我想请您喝一杯，您愿意赏脸吗？"

邦德感觉这个人可能是美国中情局的人。当他们一起走向酒吧时，他知道自己的判断是对的。邦德给荷官和侍应各扔了一枚一万法郎的筹码当作小费。

"我叫菲力克斯·雷特，"美国人说道，"很高兴认识你。"

"我叫邦德，詹姆斯·邦德。"

"哦，太好了，"雷特说，"让我想想，应该怎样庆贺一番呢？"

邦德坚持请雷特喝一杯加冰威士忌，然后他仔细地瞧了一下调酒员。

"一杯干马提尼，"他说，"用深口香槟高脚杯装。"

"是，先生。"

"等等，我要变个花样，用三份戈登金酒、一份伏特加、半份利莱开胃酒，加冰搅匀，再放一大片柠檬皮。明白吗？"

"当然明白，先生。"调酒员似乎对这种想法很赞赏。

"老天，这酒肯定够劲儿。"雷特说。

邦德大笑起来。"这是我精选特制的，"他解释道，"在晚餐前我顶多只喝一杯，但这一杯得够大、够烈、够冰，必须制作精良。我讨厌一小杯一小杯地喝，尤其是不好的酒。刚才那杯酒的调法是我的专利，一旦我想到好名字，我就去申请专利权。"

邦德仔细地欣赏着冰冻过的深口酒杯里的淡黄色酒液，由于刚才调酒师的搅动，酒杯中微微冒着气。他伸手端起杯子，尝了一大口。

"很好，"他对调酒师说，"但是，如果你们的伏特加是用谷物而不是用土豆酿造的话，那就更完美了。"

"Mais n'enculons pas des mouches."他跟调酒师说了这句法语后，调酒师立即笑了起来。

"这是一句谚语，意思是'凡事不可吹毛求疵'。"邦德解释道。

雷特仍然对邦德的酒很感兴趣。"你很会动脑筋。"他颇为高兴地说。

当他们端着杯子来到房子的一角时，雷特压低了声音。"今天中午你已经尝到'莫洛托夫鸡尾酒'的味道了。"

他们坐了下来，邦德会意地一笑。

"我看见那个出事地点已经做了禁止通行的记号，并且用绳子拦开了，汽车只能绕道从人行道上走。我希望这次爆炸不会吓跑那些准备来此豪赌的大亨。"

"人们相信这是坏人干的，或者是煤气管道爆炸。所有烧焦的树将于今晚被锯掉。如果他们的工作效率像蒙特卡洛那样高的话，明早就看不出任何痕迹了。"

雷特从烟盒里抖出一支"切斯特菲尔德"牌香烟。"我很高兴和你一起执行这项任务，"他一边说一边看着邦德的鸡尾酒，"因此，我对你没有成为烈士由衷地感到快乐。我们颇为关注此事，我们对这项任务成败的关注甚至不低于贵方。实际上，华盛顿对我们没能承担这项任务而深感遗憾。你是知道那些高级人物的。我想你们伦敦的头儿也一样患得患失。"

邦德点点头。"他们对别人抢到的猛料总是有点儿嫉妒。"他承认。

"不管怎样，我奉命受你指挥，尽一切可能提供你所需要的任何帮助。这儿有马西斯和他的伙计们，也许需要我出力的地方不多。但不管怎样，我随时待命。"

"我很高兴有你在，"邦德谦逊地说，"敌人已经盯上我了，也许还有你和马西斯。说不定他们已经设下圈套，等我们钻进去。勒基弗看来如我们所想的一样孤注一掷。我想现在还没有什么特别重要的事需要你帮忙，但如果你能来皇家赌场，我会感到非常高兴。我已经有了一位助手，叫琳达小姐。赌博开始后，我想把她交给你照顾。你不用对她感到害羞，她是个漂亮姑娘。"他微笑地看着雷特，又说："你留神看着勒基弗的那两个保镖。我想他们是不会大打出手的，但我们都说不准。"

"我也许帮得上忙，"雷特说，"在入行之前，我是海军陆战队的一名成员，这也许可以使你放心一些。"他看着邦德谦虚地说。

"当然。"邦德说。

雷特是得克萨斯州人。他谈着自己在北约组织联合情报机构的工作情况。在这样一个多国人员云集的组织中工作，很难做到安全保密。邦德想，善良的美国人极易相处，尤其是得克萨斯州人。

菲力克斯·雷特大约35岁，个子又高又瘦。轻便的棕褐色的西服宽松地套在肩上，让他看上去就像弗兰克·西纳特拉①。他的言谈举止总是不紧不慢，但只要看他一眼便能感觉到他内在的速度和力量。显然，他是一个刚毅无情的战士。当他屈身坐在桌旁时，整个人仿佛具有一种深藏不露的气质。他的脸、他的尖瘦的下巴、颊骨和略微歪斜的大嘴都给人一种猎鹰的感觉。一双灰色的眼睛显得机警、深沉。当他的双眼碰到香烟散发出的烟雾时，便自然地眯起来，这种习惯动作更使他显得持重老成，并使他的眼角形成了一道道皱纹，让人感到他的笑容是浮现在眼角的，而不是在嘴巴上。一绺米黄色的头发斜掠过前额，使他的脸带上一种孩子气，但近看的话就不是这样了。虽然他貌似坦率地谈论着他在巴黎的工作，但邦德很快注意到，雷特从不提及他在欧洲或华盛顿的那些美国同行。他认为雷特始终把美国利益放在高于北约盟友的位置。不过，邦德同意他的这种做法。

这时，雷特已经喝完第二杯威士忌。邦德把芒茨夫妇的暗中监听活动和他那天早晨沿着海岸对勒基弗的别墅所做的短暂侦察的情况告诉了他。这时已是7点半，他们决定一起走回酒店。在离开赌场前，邦德把身上的2400万法郎寄存在筹码兑换处，只留下几张1000法郎的钞票做零用。

他们走向辉煌酒店的时候，看见一队修路工人已经在爆炸现场

---

① 美国歌手。——译者注

忙活起来了，几棵烧焦的树被连根刨了起来。从一辆城市洒水车上拖下来的水龙软管正在冲洗林荫大道和人行道。弹坑已经填平。只有几个过路人偶尔停下来观看一会儿。邦德想，隐士酒店一定已经进行了翻新，那些玻璃被震碎的商店和临街房屋也将修茸一新。

在这温暖的蓝色薄暮中，皇家水城再次恢复了它原本的有序而安宁的风貌。

"你认为那个看门人在为谁干活？"当他们走到酒店跟前时，雷特问道。邦德也不清楚，便老实告诉雷特不知道。

邦德记得马西斯曾说过："除非是你自己收买了他，否则你必须假定他已被另一方收买了。所有的看门人都可以被收买，但这不是他们的错。他们这类人在接受职业培训时便认定所有旅客都是招摇撞骗的能手，只有印度王公一类例外。所以他们对任何旅客都会暗中留意。"

这时，看门人急匆匆地上来，问邦德是否已经从中午的不幸事件中恢复过来了。邦德想起马西斯的话，便将计就计地回答说仍然头昏脑涨。看门人听罢，礼貌地祝他早日康复，然后转身走了。勒基弗会收到这一错误信息，认为邦德在今晚的赌台上一定精力不济。

雷特的房间在四楼。他们约好晚上10点半或11点钟在赌场见面，这个时间通常是贵宾席开赌的时候，然后，他们在电梯口分手。

第八章
粉红的
灯光与香槟

"哪里，我很同意你的观点。"他说，"好，为今晚的运气干杯吧，维斯帕。"

　　邦德走进自己的房间，检查过后发现没有他人潜入的迹象，就脱去衣服，洗了个热水澡，接着用冷水冲凉。他躺到床上，还有一个小时可供休息和整理思绪，之后，他要去楼下酒吧与琳达见面。在这一个小时里，他要逐项检查并核实赌局的每个细节，以及开局以后将出现的各种胜利或失败的情况。他既要安排好马西斯、雷特和琳达的角色，又要估计到敌人可能做出的种种反应。他闭上眼睛，想象着一系列仔细构筑好的场景，仿佛在看着万花筒中变幻莫测的图案一样。

　　晚上8点40分，他筋疲力尽地推演了在他和勒基弗的决战中可能会出现的各种情况。他起身穿衣，完全从复杂的考虑中冷静下来。

　　他打好窄窄的黑缎领带，在镜子里审视着自己。他那灰蓝色的眼睛在镜子里显得很平静，带有一点儿嘲讽的神色。头上一绺短短的黑发似乎总是不肯待在原地，无精打采地耷拉下来，在他右眉毛旁形成一个逗号。右颊上有一条狭长竖直的疤痕，使他看上去有点儿像凶悍的海盗。这可不太像豪吉·卡迈克尔，邦德想。马西斯告诉过他琳达对他的印象。他一边这样想着，一边把50支带有三道金圈的莫兰香烟装进一个扁平闪亮的铜烟盒里。

他把烟盒揣进臀部的口袋，掏出他的旧朗森火机，检查是否需要补充燃料。接着，他把一捆一万法郎的钞票揣进口袋，打开一个抽屉，拿出一只轻巧的羚羊皮枪套，挎在左肩上，枪套离腋窝七八厘米。然后，他从另一个抽屉中抽出一把点25口径的贝雷塔自动手枪。他卸下弹夹，退出枪膛里的子弹，做了几次快速拔枪动作，然后击发一次空枪。他最后校验了一次枪支，然后装弹推上保险，把枪装进准备好的单肩枪套里。他四下察看了一番，看看有没有什么忘记的。在所有这些结束之后，他又在丝绸衬衫上套了一件单排纽扣的晚礼服，感到十分凉爽舒适。他对着镜子仔细打量，确信旁人看不出腋下的手枪后，才理了理狭长的领带，走出房间把门锁上。

当他走到楼梯下转向酒吧时，听见身后的电梯门打开了，传来冷静的声音："晚上好。"

正是那位琳达姑娘。她站在那儿，等着他朝自己走来。

邦德已经清楚地记得她的美貌，并没有太惊讶。她今天穿着一身黑色天鹅绒晚礼服，简约而华丽。世上能达到这种境界的时装设计师不超过6个。她的脖子上挂着一串细钻石项链，一枚钻石胸花别在低V处凸显乳房的丰满。手上拎着一只纯黑的晚宴包，另一只手叉着腰。那乌黑发亮的头发梳得十分整齐，接近下腭处的发端一律向内卷曲着。

她长得美极了，邦德的心开始狂跳。

"你长得这么可爱，你们的收音机生意一定十分兴隆！"

她伸出一只胳臂，让他挽着。"我们去吃晚餐好吗？"她问，"我想在众目睽睽下走进餐厅。跟你说实话，黑色天鹅绒有个毛病，坐下时会被夹住。如果你听到我尖叫的话，那我一定坐在藤椅上了。"

邦德笑了。"那好，我们直接进去吧。餐前我们先来一杯伏特加。"

她顽皮地瞥了他一眼。他改口说："或者是一杯鸡尾酒，如果你喜欢的话。这里的食物是皇家水城里最好的。"

他似乎遇上了软钉子，那种感觉像被冷落在角落里。在邦德遇到的女人中，琳达是比较有判断力的，在她那一瞥中他已经感受到了。

但这只是小插曲，当餐厅领班恭恭敬敬地领着他们穿过拥挤的餐厅时，邦德立即注意到，所有就餐者的头都抬起来，目光落在琳达窈窕动人的身材上。

餐厅的时髦之处体现在那宽宽的月牙形窗户上，就像一艘宽大的船停泊在酒店的花园之上。邦德走到这间大餐厅后面，在一个角落附近选了一张桌子坐下。这里十分僻静，还保留着爱德华时代[①]的装修风格。四壁饰以艳丽的白色和金色，还有红绸覆盖的餐桌以及后帝国时代的壁灯。

[①] 指历史上爱德华七世执政的短暂历史时期（1901—1910年）。——编者注

他们拿起紫色花体字印制的精致菜单，邦德示意酒侍过来。他转向女伴。

"你想喝点儿什么？"

"我想来杯伏特加。"她简单地说完后又仔细看起菜单来。

"一小瓶伏特加，冰冻的。"邦德吩咐道，然后转向琳达，"我还没请教你的芳名，怎么为你的健康而干杯呢？"

她说："维斯帕①，维斯帕·琳达。"

邦德好奇地看着她。

"我总要不厌其烦地解释，据我父母说，我出生在傍晚，下了很大的雨。显然，他们为了纪念那个时刻，就给我起了这个名字。"她微笑起来，"有些人喜欢这个名字，有些人则不喜欢，反正就是个名字。"

"我觉得这是一个很好听的名字，"邦德说，他脑海中突然冒出一个念头，"我可以借用一下这个名字吗？"他解释了他发明的那种特别的马提尼鸡尾酒，正需要起个合适的名字。"维斯帕，"他说，"听起来多美，非常适合羞涩的初恋。我的鸡尾酒一定会醉倒整个世界。可以用这名字吗？"

"只要我能第一个品尝，"她答应说，"它能作为一种酒的名称，我感到很荣幸。"

"等这边所有的事都办完了，不管是赢还是输，我一定陪你喝一杯我调的这种酒。"邦德说，"现在你想好晚餐吃什么了吗？请

① 意为"薄暮"。——编者注

尽管点好的菜。"当他看到她犹豫的神情时，又补充说道："不然就和你这套美丽的礼服不相配了。"

"我已经选好了两样。"她高兴地笑了，"味道应该不错。能体验一次百万富翁的感觉也是一件乐事，只是可能会使你破费不少。我想吃鱼子酱、烤牛腰子配蛋奶酥，最后再来点儿奶油草莓。点了这么多高价的东西，是不是很失礼啊？"她用询问的目光微笑地看着他。

"理所应当。再说你点的菜只是营养实惠一些罢了，所以不必太客气。"邦德转向餐厅领班，"多来点儿烤面包。"

"通常这是麻烦事。"他对维斯帕解释说，"鱼子酱的分量很足，但佐食的面包却不够。"

"好，"他的视线回到菜单上，然后向领班吩咐道，"我将陪这位女士品尝鱼子酱；吃完鱼子酱后，我要一块小号的菲力牛排，五成熟，配蛋黄酱和百叶菜。当女士享用草莓时，给我来半个鳄梨，配上法式沙拉酱。你们有供应吧？"

餐厅领班连连鞠躬点头。

"多谢光顾，小姐和先生。"他转向酒侍，重复了一遍他俩刚才点的菜名。

"请点佐餐酒。"酒侍递过皮制酒单。

"如果你同意，"邦德说，"我今晚倒乐意陪你喝香槟，这酒令人心情舒畅，而且正合时宜。"

"好，我喜欢香槟。"她说。

邦德用手指着酒单向酒侍问道："有1945年的'泰亭哲'吗？"

"有，这是上等葡萄酒，先生。"酒侍说，"但如果先生允许的话，"他用铅笔指着酒单说，"1943年的'布兰克'更是同类中的极品。"

邦德微笑起来。"那就来这种酒吧。"他说。

"这酒虽然不是名牌，"邦德对女伴解释说，"但也是上等香槟，称得上酒中珍品。"突然，他为自己这番吹嘘感到十分好笑。

"请原谅，"他说，"我这人对饮食就是有点儿过于讲究。这一方面是因为我是一个单身汉，但更重要的是还是我的挑剔，像个老姑娘一样吹毛求疵。当我执行任务时，我通常独自就餐，在生死攸关之际，尽情享受一顿大餐又何妨？"

维斯帕对他微笑着。

"我也喜欢这样。每件事都尽善尽美。我想这就是我的生活方式。我这样说，你不会觉得有点儿孩子气吧？"她歉意地补充道。

小瓶伏特加放在盛着碎冰的碗里端上来，邦德把伏特加倒入两只酒杯里。

"哪里，我很同意你的观点。"他说，"好，为今晚的运气干杯吧，维斯帕。"

"好，"姑娘轻声回答，她举起小酒杯，带着一种好奇的目光直直地看着他的眼睛，"我希望今晚一切顺利。"

她说话时双肩迅速地耸了一耸，接着，她的头稍微靠向邦德说道："有个情况要告诉你，是马西斯带来的，他很想亲自告诉你。是关于那起炸弹事件的，非常离奇的故事。"

第九章

百 家 乐

我在纽约杀了一个日本的密码专家，又在斯德哥尔摩杀了一个挪威的双重间谍后，就拿到了这个代号。他们都是厉害角色，跟南斯拉夫的铁托一样卷入了国际纷争，理所当然被干掉。

邦德四下看了看，这里不可能被人窃听，鱼子酱还在厨房里等着烤面包，然后一起被送上来。

"说吧。"他的双眼显出急迫的神态。

"他们在通往巴黎的路上抓到了第三个保加利亚人。他驾驶着一辆雪铁龙，捎上两个英国旅客做掩护。车开到关卡时，他差劲儿的法语引起了巡警的怀疑，他们要求检查身份证。于是，他拔出枪打死了一个巡警，但其他人抓住了他。详细情况我不太清楚，但他自杀时被强行阻止。他们把他带到鲁昂，套出了他的话。我想应该是惯用的法国式拷问。

"显然，他们是法国某个地下组织的成员，专门从事破坏和暗杀工作。马西斯的朋友们已经着手设法抓捕残余分子。他们如果杀死你，将会得到200万法郎的赏金。那个指挥他们这次行动的敌特说，如果他们完全按照他的命令行事，他们绝不会被抓住。"

她呷了一口伏特加："接下来的这部分很有趣。"

"敌特给的那两台盒式摄影机你已经见过，他说鲜艳的颜色是为了让他们更容易辨认。他告诉他们，那个蓝盒子里放有一枚强力烟幕弹，而红盒子里放的是高爆炸弹。一个人把红盒子扔出去的时候，另一个人按下蓝盒子的按钮放出烟幕，然后他们就能在烟幕的掩护下逃走。但实际上，两个盒子里放的都是高爆炸弹。蓝盒子和红盒子没有一点儿区别。计划是不留痕迹地炸死你和那两个扔炸弹的人。对第三个人，他们有另一套灭口的办法。"

"继续说下去。"对于敌人这种巧妙的两面手法，邦德不得不佩服。

"显然，保加利亚佬认为这个主意很好，但他们也非常狡猾，决定不冒险行事。他们认为，最好先按下烟幕弹的开关，然后在烟幕的掩护下，把炸弹扔向你。你所看见的情景就是那个助手按下了假的烟幕弹的按钮。结果他俩就一起见上帝了。

"第三个保加利亚佬正在辉煌酒店后面等着接应两个同伴。当他看见所发生的一切时，猜到事情搞砸了。警察把那个没有爆炸的红色炸弹的碎片给他看，并向他讲明了他们主子的如意算盘。他的两个同伴都被炸死了，于是他招出了一些实情。我想他现在还在交代。但所有这一切与勒基弗并无直接关系，是中间人给了他们任务，可能是勒基弗的保镖。"

她刚讲完，服务员便端着鱼子酱、成堆的烤面包片和几个小碟子走过来。白色碟子里盛着切得很细的洋葱，另一只黄色的碟子里是煎蛋。

鱼子酱在盘子里堆得很高，他们沉默不语地吃了一会儿。

　　过了一会儿，邦德说："他们非常适合用来做替死鬼。这对敌人来说是搬起石头砸自己的脚。马西斯对这天的工作一定很满意，他的5个对手在24小时之内都失去了作用。"他把芒茨夫妇是怎样被愚弄的过程都告诉了她。

　　"顺便提一句，"他问，"你是怎么卷入这个案件中的？你属于哪个部门？"

　　"我是S部主管的秘书，"维斯帕说，"计划是他拟订的，所以他要派一个自己部门的人参与行动。他向M局长推荐了我。这似乎只是一种联络工作，所以M局长同意了，但他告诉我的头儿，你对派女性做你的助手反应比较激烈。"她稍作停顿，看到邦德依然不动声色，继续说道："我接受了任务，在巴黎见到马西斯，然后和他来了这儿。在巴黎时，我通过一位在迪奥专卖店工作的朋友借了几套像样的服装。这套黑色天鹅绒晚礼服和上午那件衬衫都是借来的，否则我哪能和这些人相媲美。"她朝餐厅做了个手势。

　　"虽然办公室里的人不太清楚我干的是什么差事，但都很嫉妒我，因为他们知道我将和00组的特工一起出任务。你是我们局里的英雄，我真觉得荣幸。"

　　邦德皱了一下眉头。"如果你敢杀人的话，得到00代号并不难。00组的意义不过是有先斩后奏的权力。我在纽约杀了一个日本的密码专家，又在斯德哥尔摩杀了一个挪威的双重间谍后，就拿到了这个代号。他们都是厉害角色，跟南斯拉夫的铁托一样卷入了国际纷争，理所当然被干掉。干我们这一行也很迷茫，既然选择了站队，服从就是天职。鱼子酱配煎蛋的味道如何？"

"这两种东西放在一起真是太好吃了，"她说，"我非常喜欢今天的晚餐。我有点儿不好意思了……"她看到邦德眼中的冷漠表情，停下了话头。

"如果不是为了工作，我们也不会到这儿来。"他说。

突然，他意识到晚餐谈话不应该太亲密。现在的首要任务是工作。于是他马上言归正传。

"我们来谈谈下面该怎么办吧，"他实事求是地说，"我最好先说一下我将做什么，以及你怎样帮助我。我想，应该并不需要你多少帮助的。"他补充道。

"现在基本情况是……"他简略地叙述了整个计划，列举了可能出现的各种情况。

餐厅领班招呼着上了第二道菜。待他走后，邦德一边品尝美味一边继续讲。

她冷静地听他的叙述，但很认真很顺从。她完全被他的严肃表情震慑住了，同时想起S部主管说的话。

"邦德是一个专注的人，"她的领导向她布置任务时，曾这样对她说过，"别以为这是去玩。执行任务时，他什么也不考虑，只想着手里的工作。像他这样的行家里手确实不多见，所以你不要浪费跟他学习的机会。他是个英俊的家伙，但不要爱上他。我不认为他会分心。好吧，祝你走运，不要受伤。"

所有这些都是一种挑战。当她感到自己把他吸引住，使他对自己发生兴趣时，她高兴极了。但当她想更进一步，暗示他们可以度过一段快乐的时光时，他突然变得冰冷起来，彻底地赶走了热情，仿佛热情对他来说是毒药一样。她觉得自己受到了伤害和愚弄。她暗暗下定决心，集中精神干好工作，不能再犯这样的错误。

"……一切都取决于我的好运，或者他的霉运。"

讲完计划后，邦德开始解释百家乐牌的玩法。

"这和其他赌博游戏差不多。庄家和闲家取胜的机会基本上是相同的。最终只有一个可能性，不是庄家下台，就是闲家输光。

"今晚勒基弗从在这儿投资赌场生意的埃及财团那里买下了这台百家乐的坐庄权，他为此花了100万法郎。现在他还剩2400万法郎左右。我的钱也有这么多。我估计将有10个闲家，在椭圆形台面周围团团坐定。

"通常闲家被分为左右两列，庄家轮番跟左列或右列比点数。在这种赌博中，庄家一般通过两边的互相争斗和一流的计算方法来取胜。但皇家赌场还没有足够的百家乐赌客，勒基弗只能逐个跟所有闲家比点数大小。按这种打法，庄家的赢面并不大，因为不可能有人下大注。当然，他还可以控制赌注的高低。

"百家乐开局时，庄家坐在中间，赌场里的荷官洗牌，宣布每一局赌注的数目。通常还有一个赌场管理员监督每盘赌局。我将尽量在勒基弗的正对面坐着。他的前面有一个发牌器，上面放着6副洗好的牌。想在那套牌里作弊是不可能的。牌由荷官洗好，由一个闲家切牌，然后装进放在牌桌上大家都能看到的发牌器里。我们都会检查牌，不会有可疑之处。在所有的牌上做好记号这种做法虽然有用，但不大可能，除非与荷官内外勾结。不管怎样，我们都会盯住这个。"

邦德喝了一口香槟，然后继续说下去。

"开局以后，庄家会宣布开局的赌注，比如50万法郎，也就是500英镑。从庄家的右边开始，每个座位都要叫号。坐在庄家旁边的打牌者编号为1，他如果表示应战，就要把自己的钱推到桌上；如果他认为赌注太大，不愿接受的话，那他就喊声'不跟'。接着，2号有权应战，如果2号拒绝了，3号可以应战，以此类推，在桌旁循环往复。如果庄家的赌注太大，一家难以抗衡，可以由几家联合起来凑足资金，甚至旁观者也可以下注，共同对付庄家。

"一般来说，50万法郎的赌注很小，很快就会被接受，但当赌注达到一两百万法郎时，常常难以找到单独的应战者。这时我必须单独应战，趁机出击，打败勒基弗。当然这并非易事，而且风险极大。但最后，我们俩一定会有一方打败另一方。他可能变成穷鬼或富翁。

"作为庄家，他在赌博中占有优先权；但如果我决意和他拼死一战，而且如果正如我希望的那样，我的资金能够使他有点儿不安的话，我想我们应该是势均力敌的。"

这时，草莓和鳄梨送来了。他稍作停顿。

他们静静地吃了一会儿。当咖啡端上来时，他们谈论起其他事情来。他们抽着烟，谁也没喝白兰地或利口酒。最后，邦德开始解释赌百家乐的具体技巧。

"这其实很容易，"他说，"如果你打过二十一点的话，立刻就会玩百家乐。玩二十一点时，其目的就是从庄家手里拿到比他更接近21点的牌。玩百家乐的道理也是一样的。我和庄家都可先分到两张牌；如果没有绝对胜算，那么一方或双方就会再补一张牌，其目标就是使手中的两张或三张牌的总数为9点，或尽量接近9点。J、Q、K这样的花牌和10都算作0；A算作1，其余的牌按照其数字计算点数。在计算数字时只算尾数，因此9加7等于6，而不是16。总之，赢家的牌的点数必须与9最接近。"

维斯帕专心地听着，同时注视着邦德那张充满激情的脸。"如果，"邦德继续说，"庄家发给我两张牌时，数字加在一起是8或9的话，这叫'通杀'。如果庄家的牌不如我好，我就赢了。如果我的牌小于9，比如6或7，我也许会再补一张，也许不要了；如果手里的牌只有5，或者还不到5的话，那么我肯定要求再补一张。5是这种游戏的转折点。根据纸牌的规律来看，如果你手上的牌是5的话，那么再补一张牌时，其点数增加或减小的机会是相等的。

"当我要求补牌，或者拍拍我手里的牌表示停牌时，庄家会猜测我的牌以确定策略。如果他抓到'通杀'的话，他马上就可以亮出牌来赢了这局。否则，他就会面临和我一样的问题。但是，他可以通过我的行动来决定是否补牌，他在这点上占了优势。如果我不补牌，他立即就能断定我手中的牌是5、6或7；如果我补了牌，他就会知道我的牌低于6。而且，补牌时牌面要朝上，他看着这张牌的点数，判断一下形势，就会做出是补牌还是停牌的决定。

"因此，他比我更有优势，他借此优势决定是补牌还是停牌。不过，玩这种纸牌赌博的人都会面临这样一个问题：当手上的点数是5时，是补牌呢，还是停牌？如果你的对手也是5点牌的话，那么他会怎么办呢？一些闲家遇到这种情况时总是补牌，而另一些人总是停牌，而我只凭直觉行事。"

"但最终，"邦德捻灭了香烟，叫服务员来结账，"关系大局的是'通杀'牌8点或9点。我必须多得到几张这样的大牌才能取胜。"

第十章
豪 赌 开 始

邦德点燃一支香烟，在椅子里坐好。漫长的赌赛开始了，按照刚才的顺序重复上演，直到所有闲家都被打败才会结束，然后那些牌会被焚烧销毁，赌桌会被盖上罩布，浸满了输家鲜血的绿色桌布会被换上新的。

邦德讲完了赌博的过程后，期待着即将开始的战斗。他的脸上重新洋溢起光芒，最终击败勒基弗的希望激励着他，使他的脉搏快速跳动。他似乎完全忘记了刚才他们之间的短暂冷漠，维斯帕松了一口气，跟着他进入那种氛围。

他付了账，给了服务员一笔可观的小费。维斯帕站了起来，率先走出餐厅，沿酒店的台阶来到大门外面。

宽大的宾利汽车早已恭候在此。邦德请维斯帕先上车，然后自己坐进车里。汽车驶往俱乐部，司机尽量将车在靠近门口的地方停下。当邦德和维斯帕穿过那绚丽的接待室时，邦德一言不发。维斯帕瞧着他，发现他的鼻孔微微张开。看来他已经完全进入忘我境界了，镇定自若地和赌场的工作人员打着招呼。在大厅的门边，工作人员没让他们出示会员证。邦德的巨额豪赌已使他成为受欢迎的客户，他的女伴也跟着沾了光。

他们刚走进大厅，菲力克斯·雷特就从一张轮盘赌赌桌旁走了过来，像老朋友一样跟邦德打招呼。邦德把他介绍给维斯帕·琳达，菲力克斯和她寒暄了几句，然后说："那好，既然你今晚赌百家乐，那就让琳达小姐看看我怎样通杀轮盘赌吧。我已经选了三个大赚一笔的幸运数字，我想琳达小姐也会为我带来好运的。然后在你的赌博进入高潮时，我们也许会过来为你助威。"

邦德用询问的眼光看着维斯帕。

"我倒很愿意这样，"她说，"不过你能给我一个轮盘赌的幸运数字吗？"

"我没有幸运数字，"邦德一本正经地说，"我只是在有把握或者基本有把握的情况下去赌。好了，我要和你们分手了。"他显出抱歉的样子，"你和我的朋友菲力克斯·雷特在一起，一定会变成一个好手的。"他向他俩微笑了一下，然后从容不迫地朝收款处走去。

雷特也察觉到了邦德的冷淡。

"他是个很认真的牌手，琳达小姐，"他解释道，"我想他必须这样。好了，请跟我来，看看17号是怎样服从我的第六感的。你将会发现，有了这种能力，就可以轻易赢很多钱。"

现在，邦德能够单独行事，清除私心杂念，把注意力集中到任务上，为此，他感到轻松自如。他站在收款处旁边，用收款员那天下午给他的收据取出了2400万法郎。他把这些钞票分成相同的两捆，分别装入左右两个衣袋里。然后，他从拥挤的桌子中间慢慢穿过去，来到赌场正厅。那里有一张宽大的百家乐牌桌放在黄铜栏杆的后面。

桌旁已经坐了许多人，荷官把洗过的几副牌牌面朝下、打乱顺序，散开放在桌上。据说这是最有效的防止作弊的洗牌方式。

领班拿开用天鹅绒包着的链条，让邦德穿过围栏入场，他殷勤地说："按照您的吩咐，我留了6号座位，邦德先生。"

桌旁的大部分座位还空着。邦德走进栏杆内，一个女侍立即为他拖出椅子。他坐下来，朝左右两边的闲家点了点头，然后掏出那宽宽的铜烟盒和黑色打火机，把它们放在右肘的绿色面呢上。女侍立即用一块布擦了擦一只厚厚的玻璃烟灰缸，把它放在烟盒和打火机旁边。邦德点燃一支香烟，仰靠在椅背上。

他对面的庄家椅子还空着。他瞥了一下桌子四周，大多数闲家都很面熟，但能叫出名字的寥寥无几。他右边的7号位子上的西斯特先生，是一个在刚果做金属生意的比利时富翁。9号位子上坐着丹弗斯勋爵，是一位社会名流，但他的样子显得很软弱，他的法郎大概都是由他那位富有的美国妻子提供的。他的妻子坐在3号位，是一个长着梭子鱼般贪婪嘴巴的中年女人。邦德心里明白这对夫妇非常狡猾、敏感，一旦输钱立即就会收手。庄家右边的1号位上是一个著名的希腊赌徒，根据邦德的经验，他就像通常的东地中海的富豪一样，拥有一条赚钱的航线。他出牌时总是非常冷静熟练，是个很有耐性的人。

邦德向侍者要了一张卡，在剩下的号码2、4、5、8、10下面画了一个漂亮的问号，然后叫侍者把卡片送给领班。

很快，卡片被送回来了，在号码上填上了名字。

仍然空着的2号应该是卡梅尔·德莱恩。她是一个美国电影明星，靠离婚后三个丈夫提供的赡养费生活。邦德想，她的追求者现在必定会千金一掷买她一笑。她性格乐观，打牌时显出愉快和炫耀的神情，也许能交上好运。

4号和5号座位是杜邦先生和杜邦夫人，他们看上去很富有，大概真是杜邦公司的拥有者。邦德想，这对夫妇在赌场上绝非等闲之辈。看他俩彼此轻松愉快交谈的模样，仿佛他们把这场巨额赌局当成了过家家一样。邦德十分高兴有他们坐在自己身边。他想，如果庄家定的赌注过高，他或许能和他俩或坐在他右边的西斯特先生合作，一起分摊这笔赌注。

8号位上是一个小小的印度土邦主，也许他是靠其战时所赚的全副身家来赌博的。邦德的经验告诉他，亚洲人中很少有富有胆识的赌客，就连那些喜欢自吹自擂的，在连续输牌的情况下也会失去信心。但土邦主也许会在这种纸牌赌博中坚持很久。只要赌本是慢慢输掉的，他应该会顶住。

10号是一位意大利年轻阔佬，托梅利先生。他在米兰有大量地皮，赚了许多租金。他属于那类钱多人傻的赌客，一输钱就发脾气，变得不耐烦。

邦德刚刚总结完桌旁的闲家，便看见勒基弗一声不吭地从铜栏杆的入口处走进来。他冷笑了一下，向众闲家表示欢迎，然后径自在邦德正对面的庄家椅子上坐了下来。

他用非常简捷的动作迅速把放在他面前的6副牌逐一切了一遍。然后，荷官再把这些切好的牌按顺序装进发牌器中。这时，勒基弗悄悄地对他说了些什么。

"女士们，先生们，现在开局。第一局庄家的赌注是50万法郎。"话音刚落，1号位上的希腊船王拍着他前面的一堆筹码说道："我来试试。"

勒基弗弯身看着发牌器，轻轻拍了一下，所有牌一齐沉入盘底，牌墩轻轻摆动。很快，牌便从发牌器的铅质斜口处一张张地溜出来。他老练地压住斜口，把第一张牌发给希腊人。然后他发了一张牌给自己，又发了一张给希腊人，接着发了一张给自己。

发完牌后，他一动不动地坐着，没碰自己的牌。

他瞧着希腊人的脸。

荷官用一个像瓦工的长泥刀一样的木制平刮勺，小心谨慎地铲起希腊人的两张牌，敏捷地把它们放在右边十几厘米的地方。这样，这两张牌正好放在希腊人那苍白多毛的双手前面。他的双手呆呆地放在那里，就像桌上放着两只谨慎的粉红色螃蟹一样。

两只粉红色螃蟹迅速出动，一下子按住这两张牌，紧紧捏在手中。希腊人小心翼翼地弯下头，看清手中牌的花色，然后，他的指甲移动了一下，看清了纸牌边的点数。

他面无表情地把手掌放平，让牌背朝上放在桌上，没有公开牌的点数。

然后，他抬起头，看着勒基弗的眼睛。

"不补牌。"希腊人果断地说。

从他决定停在两张牌上不加牌的行为来看，这位希腊人手中的牌必定是是5、6或7。如果庄家想要赢牌，就必须翻出8或9。如果庄家手中的牌还没有到这个点数，那他还可以补一张牌，这张牌也许对他有利，也许对他不利。

勒基弗双手抱在脑后，牌离他有十几厘米远。他用右手拿起那两张牌，只是瞥了一眼，便把牌翻过来放在桌上。

两张牌分别是4和5，通杀大牌。

他赢了。

"庄家9点。"荷官平静地说，然后用刮铲把希腊人的两张牌翻了个身。"闲家7点。"他一边无动于衷地说着，一边把这两张负牌———一张7和一张Q——放进桌子中的宽槽里。宽槽通往一个巨大的金属筒，那里寄存着所有打过的牌。接着，勒基弗的那两张牌也被塞了进去。

希腊人把5枚面值10万法郎的筹码推到前面，荷官把它们加到勒基弗的50万法郎筹码堆里去。荷官还把勒基弗旁边的几个小筹码塞进桌上的槽子里。槽子下面有一个钱箱，是专门用来装抽头的。每一盘赌场都按下注额的百分比抽头。通常是由庄家预先决定数额或者每盘从闲家的赌注中抽取零头，这就可以保证庄家每盘赢的都是整数。勒基弗选择了后者。

荷官抽取零头后平静地宣布："下一局赌注是100万法郎。"

"跟。"希腊人嘟囔道。他还想继续赌下去，以捞回他输的赌注。

邦德点燃一支香烟，在椅子里坐好。漫长的赌赛开始了，按照刚才的顺序重复上演，直到所有闲家都被打败才会结束，然后那些牌会被焚烧销毁，赌桌会被盖上罩布，浸满了输家鲜血的绿色桌布会被换上新的。

希腊人此时补了第三张牌，但总共才4点，而庄家有7点，他只好认输。

　　"下一局赌注是200万法郎。"荷官说道。

　　邦德左面的闲家全都保持沉默。

　　"我来奉陪。"邦德朗声应道。

第十一章
赌 运 起 伏

他慢慢地从桌上抬起一只多毛的胖手，揣进晚礼服的口袋，掏出一只小小的金属圆筒。他用另一只手拧开筒帽，把圆筒凑近鼻子，猥琐地用两个鼻孔轮流猛吸了几次。显然，里面装的是苯丙胺之类的挥发油。

勒基弗若无其事地扫了邦德一眼，一双苍白的眼睛里布满红丝，目光显得冷酷无情。

他慢慢地从桌上抬起一只多毛的胖手，揣进晚礼服的口袋，掏出一只小小的金属圆筒。他用另一只手拧开筒帽，把圆筒凑近鼻子，猥琐地用两个鼻孔轮流猛吸了几次。显然，里面装的是苯丙胺之类的挥发油。

他不慌不忙地把圆筒放进口袋，然后迅速把手放到桌上，照例猛拍了一下发牌器。

在勒基弗装腔作势地做这番表演时，邦德一直在冷眼旁观。勒基弗脸盘宽大，脸色发白，头上堆着一撮短而竖起的红褐色头发，鼻子下挂着一张紧绷绷的没有笑容的潮湿红嘴。他肩膀很宽，身穿一件修剪得体的晚礼服。如果他的脖子上没有围缎子围巾，一定可以看到他牛头怪般的体毛。

邦德表现得十分镇静。他从衣袋中摸出一大沓钞票，不加清点就扔在了赌台上。如果他输了，那么荷官就会从中抽出和赌注相等的金额。但这种漫不经心的姿势表明，邦德并不认为自己会输，相反，他觉得稳操胜券。这笔钱只是供邦德支配的大笔资金中的一部分而已。

其他闲家感觉到了这两个高手之间的紧张气氛。当勒基弗用手从发牌器斜口弹出四张牌时，赌台周围一片寂静。

荷官用铲尖把两张牌推给邦德。此时，仍然盯着勒基弗眼睛的邦德，右手伸出几厘米，捏住纸牌，非常迅速地朝下瞥了一眼，然后再次抬起头无动于衷地看着勒基弗，看他没有任何反应，便用一种蔑视的姿势把牌猛地翻过来，摊在桌上。

两张牌分别是4和5——无敌的9点。

桌旁传来一阵轻微、嫉妒的赞叹声。坐在邦德左边的闲家交换着后悔的目光，后悔他们没有接受这次200万法郎的赌注。

勒基弗微微耸耸肩，慢慢地把视线转向自己的两张牌，然后迅速用手指甲把牌挑起来，是两张无用的J。

"闲家通杀。"荷官边喊边把桌子中央的一大堆筹码铲到邦德面前。

邦德用右手把多余的筹码全部装进口袋，心中大为振奋，但脸上没有流露出任何表情。他对自己第一局的成功感到高兴，同样地为对面那个家伙的沉默感到高兴。

坐在他左边的是来自美国的杜邦夫人，带着一脸苦笑转向他。

"我不应该把这个机会让给你的，"她说，"这两张牌是直接发给我的，可我没要。"

"游戏才刚刚开始，"邦德说，"您有的是机会。"

杜邦先生从他妻子的另一侧倾身向前。"如果每盘都能判断准确的话，那我们也不会来这儿了。"他颇有哲理地说。

"我会来，"他的妻子不以为然，"你不要以为我玩牌只是为了娱乐。"

赌博继续进行。围在栏杆四周的观众越来越多。邦德突然瞥见勒基弗的两个保镖已经到场。他们一左一右站在主子后面，衣着打扮倒也十分体面，但绝不是参与赌局的那类人。

站在勒基弗右侧的那个保镖个子很高，穿着晚礼服。他的脸色僵硬灰白，但双眼却咄咄逼人。他那修长的身体总是在不停地晃动，双手不断在铜栏杆上变换着姿势。邦德知道，这种人心狠手毒，杀人不眨眼，就像《人鼠之间》[①]的蓝尼那样无情。但他的暴虐残忍不是天生的，而是使用毒品的结果。邦德想一定是大麻。

另一个家伙很像科西嘉的杂货店老板。他个子很矮，皮肤黝黑，扁平头上覆盖着油腻腻的头发。他好像是一个跛子，身旁的栏杆上挂着一根带有橡皮套的马六甲手杖。他一定是得到了赌场的许可，才能把手杖带进场。邦德知道，为防止暴力行为，赌场规定禁止带棍棒和其他武器进入赌厅。他打扮得十分整洁，看上去一副营养充足的样子。他的嘴巴咧开时露出非常难看的牙齿。黑色的小胡子又浓又密，放在栏杆上的手背上长满了黑毛。邦德觉得他那矮墩

---

① 美国小说，1937年出版，是美国作家约翰·斯坦贝克的作品。——编者注

墩、赤条条的身体上一定也长满了黑毛。邦德猜测，他一定是个猥琐的家伙。

赌博继续平淡地进行着。赌注每局都在成倍地增加。

在十一点和百家乐牌中，第三局被叫作"音障"。走运的话，玩家可以在第一局和第二局中取胜，但当第三局来临时，通常是可怕的结果。到了这一局，玩家可能会一局接一局地输个精光。今晚同样如此。无论庄家还是闲家，都不敢轻易下注。今晚庄家这边有种不利的现象，他的本钱正在不断消失。邦德不知道勒基弗前两天赚了多少钱，他估计应该有500万法郎，加上今晚还剩下的钱，他的赌本大概不会超过2000万法郎。

实际上，勒基弗在当天下午就输得很惨。此刻他只剩下了1000万法郎。

邦德却是另一种情形，在深夜1点时他已经赢了400万法郎，加上带来的资金，总共有2800万法郎。

邦德还是小心翼翼的，勒基弗没有流露出任何的情绪。他就像一个自动机器人似的继续玩牌，除了低声指示荷官每一盘的赌注之外，没有任何言语。

他们静静地围着巨额赌桌赌着。与此形成鲜明对照的是，其他赌桌不时传来嗡嗡声，还有十一点、轮盘赌、纸牌赌博时的叫喊声，其间夹杂着荷官清晰的叫声，以及大厅各个角落里不时传来的大笑声和叹息声。

在幕后的什么地方，还有一个嗒嗒作响的抽头机。随着每次轮盘的转动和每局纸牌的结束，百分之一的小小筹码落入了抽头机的钱箱中，它就像一只贪婪的肥猫不断跳动的心脏。

邦德坐在高桌旁看了看赌场的大钟，已经是1点10分。就在这时，高额赌台的局势突然出现了转折。

1号座位的希腊人仍然处于不利地位，他第一局输了50万法郎，接着又输了第二局，第三局他没接受，放弃了200万法郎。2号座位的卡梅尔·德莱恩弃权，3号座位的丹弗斯夫人也不敢应战。

杜邦夫妇彼此看了一眼。"跟。"杜邦夫人喊道。很快，杜邦夫人输在庄家的8点上。

"下一局赌金400万法郎。"荷官说。

"跟。"邦德说着，掏出一沓钞票。

他再次仔细观察着勒基弗的一举一动，发现对手只是草率地看了一下手里的两张牌。

"不要牌。"邦德横下心来。他的牌是5，形势很危险。

勒基弗拿了一张J，一张4，他拍了拍发牌器，抽了一张3。然后亮牌。

"庄家7点，"荷官说。"闲家5点。"当他把邦德的牌翻过来时，补充了一句。他铲过邦德的钱，抽出400万法郎，把剩下的钱还给邦德。

"下一局赌注800万法郎。"

"连跟。"邦德毫不犹豫地应道。

这一次，勒基弗得了通杀9点，轻而易举就把邦德打败了。

邦德两局就输了1200万法郎。检查了一下赌本，他只剩下1600万法郎了，刚好够赌下一轮。

邦德感到自己的手心在不断出汗。他的赌本就像阳光下的积雪一样快速融化。勒基弗带着胜利者的贪婪目光，得意地用右手轻轻地敲击着桌子上的花纹。邦德发现这家伙正在打量自己，那眼神里带有一种讥讽的神情。"你想来个痛快吗？"那双眼睛似乎在问。

邦德不动声色地说道："再跟。"

他从右手口袋里掏出一些钞票和筹码，从左手口袋里掏出整沓的钞票，然后把这些钱和筹码推到桌前。他的这个动作似乎没有表露出这是他的最后本钱。

邦德突然感觉嘴巴变得像墙纸那样干燥。他抬起头，看见维斯帕和菲力克斯·雷特站在对面勒基弗的保镖所站的地方，他不知道他们站在那里有多长时间了。雷特显得有点儿焦急，但维斯帕带着鼓励的微笑看着他。

邦德听到身后的栏杆处发出一阵轻微的响声，转过头来一看，看到那个矮保镖的黑胡子下露出两排坏牙齿。他正心不在焉地上下打量着邦德。

"发牌完毕。"荷官说，铲起邦德的两张牌递到他跟前的绿色台面绒上。绿色台面绒已经不再光滑，变得厚厚的、毛茸茸的，这种色彩使人想到坟头上长出的新鲜绿草。

邦德看了一眼纸牌。那本来似乎很讨人喜欢的宽大缎子灯罩所发出的光仿佛吞噬了他手上纸牌的色彩和点数，迫使他又仔细地瞧了瞧。

牌简直是差得不能再差了，一张红桃K，一张黑桃A。黑桃A就像一只黑寡妇蜘蛛一样斜着眼瞅着他。

"补牌。"他说话的声音仍然十分平稳。

勒基弗亮开自己的两张底牌，一张Q，一张黑桃5。他看着邦德，从发牌器中压出一张牌。牌桌上静得出奇。他看了一眼牌，然后轻轻弹过去。荷官用铲子小心地铲起来，放到邦德跟前。这是一张好牌，一张红桃5，但对邦德来说，这倒使他进退两难。此时他有6点，而勒基弗有5点。但勒基弗肯定还会再抽一张牌，如果这张牌小于4点，那勒基弗就赢定了。

邦德还是有机会赢的。只见勒基弗轻轻拍了拍发牌器，斜口中滑出一张牌。邦德死死盯住这张牌。他最不愿看到的事情发生了。

荷官翻过这张牌，竟是一张要命的4点。庄家手上的牌变成了9点。勒基弗大获全胜。邦德被打得大败，淘汰出局了。

第十二章
从 一 到 十

突然，邦德使出全身气力向后一压。他的力量使椅背迅速向下倒去，椅子的横杠打在那根马六甲手杖上，还没等保镖扣动扳机，手杖已被打落在地。

　　被打败的邦德呆呆地坐在位子上，一声不吭。他打开黑色烟盒掏出一支香烟，然后猛地打开朗森火机的小盖子，点燃了香烟，再把打火机放回到桌上。他深深地吸了一口烟，把烟从牙缝中喷出来，发出微弱的咝咝声。

　　现在怎么办？最好是先回酒店睡觉，避开马西斯、雷特和维斯帕那同情怜悯的目光。然后打电话报告伦敦，明天乘飞机回家，之后坐出租车到达摄政公园，踏上楼梯，沿着走廊来到M的办公室，面对M那张冰冷的脸，装出的同情，还有"下次好运"之类安慰的话。当然，不可能再有下一次机会了。

　　他看了一下桌子四周围观的观众。人们根本没有注意他，而是在看赌台上大把大把的钞票和筹码，看荷官数钱，看他把筹码整齐地堆放在庄家的前面，看有没有人敢向庄家的好运挑战。

　　雷特消失了，邦德想，他大概是不愿看到自己被踢出局后的惨相。但维斯帕却毫无反应，还给他投来鼓励的笑容。邦德明白，她不懂赌博这行当，因此根本不了解局势的严重性，也无法理解他此刻内心的痛苦。

侍者匆匆穿过栏杆，朝邦德走来。他在邦德身旁停下来，弯下腰，把一只大信封放在邦德旁边的桌上。信封厚得像本字典。侍者俯身向他嘀咕了几句，然后鞠躬走开了。

邦德的心怦怦跳个不停。他拿起匿名信封掂了掂，再拿到桌下，用拇指的指甲挑开封口，发现封口上涂的糨糊还是潮湿的。

信封里面塞满了厚厚的钞票，邦德简直不敢相信这是真的。他急忙把钞票揣进口袋里，拿出别在钞票上面的半张便条，上面用墨水写着：

马歇尔援助计划。3200万法郎。美国敬赠。

邦德强忍惊喜，朝维斯帕那里看去，只见菲力克斯·雷特又满脸笑意地站在她身边。邦德立即会心一笑，从桌上抬起手轻轻摇了摇，对雷特的及时援助表示感谢。然后，他开始静下心来，一扫几分钟前那种彻底失败的颓废。这是缓刑，但只有一次机会。这里没有太多的奇迹。如果勒基弗打算赢够那5000万法郎，如果他继续坐庄，邦德这次还有机会赢。

荷官已经完成了计算赌金的任务，他把邦德输掉的现金统统兑换成筹码，整整齐齐地堆在桌子中央。

一共折合32000英镑。邦德想，勒基弗也许想再打一个漂亮仗，再赢几百万法郎，凑足他急需的5000万法郎数目，离开赌桌。到明天早晨，他将填补财政亏空，保住自己的小命。

邦德估计得没错，勒基弗没有下庄的迹象。他想勒基弗一定高估了他的赌本数目。

邦德现在只有一次机会，必须马上抓住，不能让别的闲家抢先或者重新开始下注。现在只能背水一战。这也使邦德的心稍稍踏实了一些。现在必须让勒基弗形成错觉，以为邦德的赌金所剩无几，绝不可能接受3200万法郎的挑战。不能让他知道这只信封里装的是什么东西。如果他知道的话，他也许会收回赌本，再次从开局的50万法郎的赌注开始其漫长的赌博过程。

他的分析是对的。

勒基弗还需要800万法郎。他向荷官点点头。

"赌注为3200万法郎。"

荷官喊出了这句话，一阵寂静笼罩着牌桌。

"赌注为3200万法郎。"

赌场领班提高嗓门，又自豪地喊了一遍，为的是引起其他赌台赌客的注意。这是最好的广告。赌客赌得越多，赌场的信誉就越高。在皇家水城百家乐的历史上，这个赌注是空前的，之前只有1950年在多维尔出现过这个数字。

就在这时，邦德微微向前倾身。

"跟。"他平静地说。

赌桌周围响起一阵兴奋的嗡嗡声，巨额赌注出现在这个赌台的消息不胫而走，人们一齐涌来。3200万法郎！对于赌场里的大多数赌客来说，这笔钱比他们一生的收入还要多。许多人倾其所有，最多也就是这个数目。换句话说，这可是一笔非常可观的财富。

一位赌场董事询问领班，领班满怀歉意地转向邦德。

"请原谅，先生，您确定吗？"

这句话表示，邦德必须拿出与赌注对等的现钞。当然，他们知道他是一个富家公子，但这毕竟是3200万法郎啊！赌场中曾经发生过这种事情，有些赌客在一个子儿也没有的情况下赌博，输了拿不出钱，宁愿去坐牢。

"请原谅，邦德先生。"领班奉承地加了一句。

邦德故意若无其事地把一大沓钞票扔到桌上。大家定睛一看，张张都是现额一万法郎的大钞，是法国发行的最大面额的货币。荷官连忙清点钞票。这时，邦德发现勒基弗与站在邦德身后的矮子保镖交换了一下眼神。

邦德立刻感到脊骨上一阵巨大的压力，这种压力一直压向坐在椅子上的臀部。

与此同时，一个带着浓厚法国南部口音的声音，轻松而急促地在他的右耳根响起："这是一把枪，先生，无声枪。它能在不发出一点儿声音的情况下打断你的脊骨。你看上去就像晕过去一样，而我则能安然溜走。在我数到十之前，把你的赌注抽回去。如果你敢出声，我就开枪。"

声音非常自信，邦德相信他说到做到。这些家伙已经表明他们会不择手段，那根粗实的手杖就说明了这一点。邦德熟悉这种枪，枪管上装有一段软橡胶，可以吸收声音，但子弹能穿过。这种枪是二战中专为暗杀地方要员而发明和使用的，邦德还亲自使用过它。

"一。"那声音开始计数。

邦德转过头，见那保镖正紧紧靠着自己，浓密胡须下面的嘴微微笑着，仿佛希望邦德走运。他的这副面孔在这拥挤嘈杂的人群中显不出任何异样。

那两排污牙合在一起，从微笑的嘴唇里吐出一个字："二。"

邦德抬头看向前方，看见勒基弗正盯着自己。他在等待，等待邦德向荷官招手，或者等待邦德突然瘫倒在椅子里，一声尖叫，脸上露出痛苦的表情。

"三。"听到这一声，邦德朝维斯帕和菲力克斯·雷特瞟了一眼，他俩正有说有笑，根本没有注意他。笨蛋。马西斯到哪儿去了？他手下的那些一流好手在哪儿呢？

"四。"周围有许多观众。这些叽叽喳喳叫个不停的傻瓜，难道就没有人看到所发生的一切吗？领班，荷官，还有侍者？

"五。"荷官正在整理那堆钞票，领班微笑着朝邦德点头哈腰。一旦赌金数好了，领班就会郑重宣布："赌博开始！"那么，不管是否数到了十，保镖都会开枪。

"六。"这时，邦德知道，只有这一次机会了。他悄悄地把双手移到桌边，抓住桌子，身子尽量向前，臀部慢慢向后移动，他感到那坚硬的枪口抵住了尾骨。

"七。"领班转向勒基弗，扬起眉毛，只等庄家点头表示他已做好准备。

突然，邦德使出全身气力向后一压。他的力量使椅背迅速向下倒去，椅子的横杠打在那根马六甲手杖上，还没等保镖扣动扳机，手杖已被打落在地。

邦德头下腿上滚落在观众中间的地上。椅背带着刺耳的爆裂声断开了。观众中爆发出惊恐的叫声。他们畏缩地朝后退着。邦德双手代替脚撑住自己，稳稳地落在地上。侍者和领班急忙站起来，他们必须尽快解决这一意外事故。

邦德扶着铜栏杆，显得有些迷惑、困窘。他理了理额前的头发。

"一时头晕，"他说，"没有什么，可能是我过于紧张了。"

人们向他投来同情的目光。自然，他们也会对这场巨额赌博不能进行下去而感到遗憾。这位先生是抽回赌注，躺下来休息，还是准备回家呢？要么请医生来给他看看？

邦德摇了摇头，现在他已经完全好了。他向桌上的闲家和庄家表示了歉意。

侍者搬来了一张新椅子，邦德重新坐了下来。他抬眼打量了一下勒基弗，告诉他自己还活着。这时，他发现勒基弗原来气势汹汹的脸已变得惨白，还带着一副惊恐之色。

桌子四周传来一阵嘤嘤嗡嗡的议论声。邦德两边的邻座朝他侧过身体，关心地询问着他的身体状况和在赌博之前的休息情况。他们埋怨这里满是烟雾，缺少新鲜空气。

邦德礼貌地做了回答。他转身审视着身后的人群，发现那两个保镖已经无影无踪。只有侍者正拿手杖在找失主。手杖好像没坏，但那个橡皮套头不见了，邦德朝侍者点了点头。

"请你把这根手杖递给那位先生，"他指着菲力克斯·雷特说道，"他会把它交还给手杖的主人的。这根手杖是他的一位熟人丢下的。"

　　侍者朝邦德鞠了个躬，表示感谢。

　　邦德得意地想着，雷特只要稍加检查，就会明白他刚才为什么在大庭广众之下做出这样莫名其妙的表演了。

　　他转身面对牌桌，拍了拍他前面的绿色台布，表明他已做好了准备，可以正式开战了。

第十三章
爱与恨的私语

邦德紧盯住勒基弗的眼睛，只见这个大人物瘫在椅子里，仿佛心脏被猛击了一般。他的嘴大张着，艰难而盲目地闭合。他的右手不断地抚摸着喉咙。然后他往后一仰，双唇变成灰白色。

"赌赛继续进行，"领班高声宣布，"赌注为3200万法郎。"

观众一齐涌上前来。勒基弗用手掌拍着发牌盒，发出两下响声。他定了定神，然后又掏出那个金属圆筒，用鼻子猛吸。

"肮脏的畜生。"杜邦夫人在邦德左边不屑地说道。

邦德的大脑异常清醒冷静。刚才他奇迹般地躲开了一次致命暗杀。他感到腋下似乎还淌着恐惧的汗水，但他成功地用椅子打败了敌人。

赌赛中断了10分钟，这在这家赌场是很罕见的，如今纸牌正在盒子里等着他，它们一定不会使他失望的。他的心为那即将到来的场面悬了起来。

此刻已是深夜两点。除了这张围满人群的百家乐牌桌外，另外几处二十一点和轮盘赌仍然继续进行着赌博。

百家乐牌桌四周一片沉默，只听见邻桌传来的荷官故意拖长的声音："凡是9点、买红、买单和买低的，统统赢。"

这是对他的一种预告呢，还是对勒基弗的预告？

两张牌穿过绿色台面轻轻滑向他身边。

勒基弗身子前倾，看上去就像岩石后面的一条章鱼，从赌桌对面狠狠地瞪着邦德。

邦德右手平稳地伸向纸牌，把牌拿到面前。他希望刚才轮盘赌台的吉兆能给他带来好运，拿到的这两张牌不是9点，至少也是8点。

他用手掌遮住两张牌，牙关紧咬，下颌的肌肉微微颤动，全身由于条件反射而僵直起来。

他的两张牌都是Q，红桃Q和方块Q。

两张皇后在阴影中恶作剧似的看着他，这是最糟糕的牌，一点也没有，是个零。

"要牌。"邦德说话时尽量不带任何感情。他知道勒基弗的双眼像利剑一样盯着自己，想看出虚实。

庄家慢慢把自己的两张牌翻过来。

他只有三点—— 一个K和一张黑桃3。

邦德慢慢地喷出一团烟雾。他仍然有一个机会。决定双方胜负的牌都在各人的第三张上。勒基弗拍了拍发牌器，倒出一张牌，是邦德的牌。邦德的命运，被慢慢翻了过来。

这是一张9，一张极好的红桃9，它在吉卜赛人的占卜中被称作"爱与恨的私语"，这张牌使邦德稳操胜券。

荷官熟练地把牌铲过来。这张牌对于勒基弗来说算不了什么，因为他不知道邦德手里的底牌。邦德手里拿到的牌或许是A，在这种情况下，也就等于是3张废牌。或许他手里原来有2点、3点、4点，就算有5点吧，那么加上这张9，他的最高点数也不过是4。

握住3或拿到9对赌局都没有实际意义。获胜的机会还是均等的。邦德让庄家继续苦熬下去。通常情况下，他应该掀开自己的底牌，结束这局比赛，但他没有这样做。显然，决定邦德点数的是那两张扣着的牌。而勒基弗这边，必须得到一张6点，才能跟邦德抗衡。

邦德的三张牌摆在面前，两张底牌倒扣着，红桃9牌面朝上。对勒基弗来说，这张9可以告诉他真相，也可以告诉他谎言。

包含着全部秘密的两张皇后如今正亲吻着桌面。

汗水从勒基弗的鹰钩鼻子两边淌下来。他那厚厚的舌头灵巧地伸出来，舔去流到嘴角的一颗汗珠。他看看邦德的牌，又看看自己的牌，再看看邦德的牌。

终于，他耸了耸肩，从盘子里抽出一张牌给自己。

他翻过这张牌，桌上的人都伸过头来。这是一张极好的牌，一张5。

"庄家8点。"荷官说。

邦德一言不发地坐着。勒基弗突然咧开嘴，发出狼嗥似的狂笑。他认为自己一定赢了。

荷官几乎是勉强地伸出长长的掀牌铲，朝邦德前面的两张牌抹来。桌旁不止一个人认为，邦德一定输了，被打得大败。

牌铲把两张粉红色的牌翻过来，快乐的皇后Q微笑着看着众人。

"闲家9点。"

人们一下子都愣住了。桌子四周传来一阵巨大的叹息声，接着是一阵议论。

邦德紧盯住勒基弗的眼睛，只见这个大人物瘫在椅子里，仿佛心脏被猛击了一般。他的嘴大张着，艰难而盲目地闭合。他的右手不断地抚摸着喉咙。然后他往后一仰，双唇变成灰白色。

堆在桌子中央的一大堆筹码统统被推到邦德的面前。这时，勒基弗又把手伸进晚礼服的内口袋里，掏出一沓钞票扔在桌上。

荷官赶紧用手指清点起来。

"赌金1000万法郎。"他郑重地说，然后拿出1000万法郎的筹码，往桌子中央一放。

邦德想，这是最后的决战。这个家伙已经到了无路可走的地步，这1000万法郎是他最后的赌本，他已经处于我在一小时前的境地。但如果他输了，是不可能有刚才的奇迹发生的。

邦德仰靠着椅背，点燃一支烟。在他旁边的一张小桌上，放着半瓶香槟和一只玻璃杯。他二话不说，抓起香槟倒满酒杯，然后两大口就把酒喝尽。

接着，他靠着椅背，双臂弯曲放在前面的桌子上，好像柔道选手准备上场一样。

他左边的闲家保持沉默。

"跟进。"邦德盯着勒基弗说道。

两张牌再次被抽出来，径直送到他伸出的双臂之间的绿色台布上。

邦德慢慢拿起牌，只是粗略地看了一下，便把牌翻过来，放在牌桌中央。

"闲家9点。"荷官宣布。

勒基弗低下头，盯着自己的两张黑桃K。

"0点。"荷官小心地把一堆筹码推到邦德面前。

勒基弗眼睁睁地看着自己的最后一点儿赌本汇入邦德左臂阴影下的密集筹码之中。然后，他慢慢地站了起来，一句话也没说，目光呆滞地来到栏杆的出口处。他拿掉链钩，放下链子。观众为他让开了一条路，好奇地看着他，同时他们也很害怕他，仿佛他身上散发着死亡的味道。最后，他从邦德的视野里消失了。

邦德站起身来，从身旁的筹码堆中拿出一枚10万法郎的筹码，扔给桌对面的领班，然后说了几句热情、感谢的话，请荷官把他赢的钱存入钱柜。其他桌的赌客已纷纷离座。没有了庄家，赌局也就不能进行下去了。此时已是深夜两点半钟。他向左右的牌友致以感谢，跟他们告别，然后悄悄走到栏杆旁。维斯帕和菲力克斯·雷特正在那里等着他。

他们一起走向收款处。邦德被邀请到赌场董事的私人办公室里。桌上放着他赢的一大堆筹码，他又把口袋里的钱掏出来，放在筹码中。

一共是7000多万法郎。

邦德点出3200万法郎放在一边，准备还给菲力克斯·雷特，剩下4000多万法郎则换成了一张能随时兑换成现金的支票。赌场的董事们热情地祝贺他赢了这么一大笔钱，并希望他能乘兴玩个通宵。

邦德找了个借口，便告辞出来。他走到酒吧旁，把雷特的钱递还给他，并对他在危急关头大力相助深表谢意。他们一边喝着香槟，一边回忆刚才的恶战。雷特从口袋里掏出一颗点45口径的子弹，放在桌上。

"我把枪给了马西斯，"他说，"他拿去检验。我们都对你猛然跌落在地上感到十分疑惑。事情发生时，他正带着手下的一个人站在人群中监视，但那两个保镖还是逃脱了。他们丢了这支枪，又未能完成任务，肯定会互相咒骂，你完全可以想象到他们的样子。马西斯把这颗子弹给了我，说幸亏你脱离了险境，这是弹头刻了十字的开花达姆弹①。但这件事表面上和勒基弗对不上号。那两个人是独自进来的，并且出示了证件，填写了入场证。那个矮胖子还被允许带手杖进入赌场，因为他有战争负伤抚恤证书。这些家伙都有严密的组织。马西斯已经得到了他们的指纹，并向巴黎汇报了此事。所以，我们明早也许会听到更多消息。"菲力克斯·雷特弹了弹香烟，"不管怎样，虽然困难重重，我们最终还是取得了胜利，总算令人欣慰。"

邦德微笑着："那个信封真是我平生收到的最佳礼物。当时我确实以为完蛋了，那种滋味真不好受。患难中的朋友才是真正的朋友。总有一天，我会想办法报答的。"他站起身来。"我马上去酒店，把这东西放起来。"说着，拍了拍口袋里的支票，"勒基弗丢了这块心头肉，肯定不会死心，说不定已经想好主意来对付我了。

---

① 英国制造的一种枪弹。一种不具备贯穿力但是具有极高浅层杀伤力的"扩张型"子弹。——编者注

我把它处理妥当后，咱们去庆贺一下，你看怎样？"

他转向维斯帕。自从赌博结束以后，她还没说过什么话。

"我们去夜总会喝一杯香槟好吗？就去格兰吧，穿过大厅就能到，那是个不错的地方。"

"很乐意奉陪，"维斯帕说，"你去处理战利品，我去补下妆。我们在大厅见。"

"你呢，菲力克斯？"邦德这样问着，但心里希望自己能和维斯帕单独待在一起。

雷特看着他，读透了他的心思。

"我想在早餐前休息一会儿，"他说，"这一天已够忙的了，说不定明天巴黎方面还需要我做一点儿扫尾工作。这些不需你劳神，我来处理就行。不过，我还是陪你走回酒店。我想最好还是护送宝船安全进港。"

两人踩着满月投下的斑驳光影，手里都不约而同地握着枪把。此时已是深夜3点钟，周围行人寥落，但赌场的院子里仍然停着许多汽车。

这段路还算平静，没发生什么事情。

到了酒店，雷特坚持把邦德一直送到他的房间。房间跟邦德6个小时前离开时一模一样。

"没有不速之客，"雷特观察过后说，"但我觉得他们不会就此罢休的。你认为我需要留下来给二位保驾吗？"

"你去睡吧，"邦德说，"不要为我们担心。我身上不带钱，他们就不会对我感兴趣。我已想好了藏钱的方法。非常感谢你的帮助。我盼望今后我们能再次合作。"

"我也是，"雷特说，"只要你在紧要关头抽到9就行，而且最好有琳达小姐陪伴。"他风趣地说着，走出房间，把门关上。

邦德转身打量着舒适的房间。

在剑拔弩张的赌桌旁紧张地拼搏了3个小时之后，他很高兴自己能单独休息一会儿。床上的睡衣和梳妆桌上的梳子都在欢迎他。他走进浴室，用冷水喷在脸上，又用辛辣的漱口水漱了口腔。他感到后脑和右肩的旧伤有些隐隐作痛，但心里却万分庆幸自己两次逃脱了死神的魔掌。同时，他考虑着目前的形势。勒基弗大概不会就此罢休，不过此刻他最好的措施就是赶快逃走，在勒阿弗尔或波尔多上船，逃到世界某个角落，以逃脱锄奸团的眼睛和枪口。

邦德耸了耸肩，今天遇到的坏事已经够多了，现在应该轻松一下，好好庆贺一番。他盯着镜子看了一会儿，想象着维斯帕的美好。他喜欢她那冷漠高傲的肉体，想看看她那双蓝色眼睛里的泪水和欲望，用手抚摸她那黑色的秀发，抱起她那苗条的身体。邦德的眼睛眯了起来，看着镜中的自己，脸上充满了饥渴。

他转过脸，从口袋里掏出那张4000万法郎的支票，把它折成很小的方纸块，打开门，朝走廊的两边瞧了瞧。他大开着门，双耳竖起，倾听着脚步声和电梯的声音，然后用一把螺丝刀开始干起来。

5分钟后，他最后审视了一下自己的杰作。把一些香烟装进烟盒，然后关上门，把门锁上，沿着走廊下了楼梯来到大厅，最后出了大厅的转门，走进浓浓的夜色中。

第十四章
字　　条

邦德顿时感觉不寒而栗，他迅速结好账，不等服务员找钱就拉开椅子，疾步走向大门，来不及理睬侍者领班和看门人的道别，就走了出去。

格兰夜总会的大门装饰着两米多高的门框，完全符合欧洲贵族的品位。几张轮盘赌的赌桌旁仍坐满了人。当邦德挽起维斯帕的手臂，领着她走过镀金台阶时，他极力克制住自己想去柜台兑些钱并在邻桌押上几把的强烈念头。他知道这样做是小资情调和低级趣味。因为不管他是否能赢，运气都不会再来。

夜总会的内部狭窄而昏暗，屋里只有蜡烛照明。烛光把柔和的光线投射到墙壁前面的镜子上，然后又反射过来。四壁蒙着一层深红色的缎布，椅子和窗口上则饰以相应的红色长毛绒。在远处的一个拐角上有一支三人小乐队，他们弹着钢琴、电吉他，敲着鼓，演奏着《玫瑰人生》这支柔和甜美的乐曲。富有魅力的音乐飘浮在轻轻颤动的空气中。邦德仿佛感到每对情侣都抵挡不住这炽热的感情冲击，禁不住在桌下互相抚摸起来。

他们被领到靠门的一张桌子旁。邦德要了一瓶香槟、两份煎蛋配熏肉。

他们坐在那里，默默地欣赏了一会儿音乐，然后邦德对维斯帕说："和你坐在这儿，享受着完成任务后的乐趣，这是多么幸福啊！这是今天最有意义的结尾。这是奖励的时刻。"

他期待她微笑，可她神色未改，只说："是的。"声音非常清脆。她似乎在专心欣赏音乐。一个手肘放在桌上，手心向下，手背支撑住下巴。邦德还注意到，她的指关节显得很白，仿佛她捏紧了拳头一样。

她右手拇指和食指及中指夹着邦德递上的一支香烟，就像一个艺术家拿着一支彩色蜡笔。她吸烟时显得很沉着，同时不断地向烟灰缸里弹着并没有烟灰的烟头。

邦德之所以注意到这些细节，是因为他对她有非常强烈的期盼，想用自己的热情和轻松把她感染，但他得到的却是冷淡。他想这是出于女性自我保护的本能，另一方面也可能是她对他傍晚分手时冷淡态度的报复。他那时的态度的确非常冷淡。

邦德还挺有耐心。他喝着香槟，谈论着一天来发生的事，评价着马西斯和雷特的个性，分析着勒基弗可能得到的下场。他很谨慎，即使谈到有关伦敦方面的事，也只谈了她已经知道的。

她敷衍了事地回答着。她说当时他们已经认出那两个保镖了，但当那个拿着手杖的矮胖子走到邦德椅子后面站着时，他们没想到他会对邦德下毒手。他们简直不敢相信有人会在赌场里图谋不轨。当邦德和雷特离开赌场走回酒店时，她打了一个电话到巴黎，把赌博结果告诉了M局长的代表。她的上司向她吩咐过，不管赌博结果如何，M要求立即把消息转达给他本人，不论昼夜。

她就说了这些，然后慢慢地喝着香槟，很少看邦德，也不笑。邦德感到颓丧，只好埋头喝了许多香槟，然后又要了一瓶。煎蛋端上来后，他们也是默默地吃着。

到了4点钟，邦德正想叫服务员来结账，这时，侍者领班来到他们桌旁，询问琳达小姐是否在这儿。他递给她一张字条，她接了过去，迅速地看了起来。

"噢，马西斯写的，"她说，"他请我去大厅，他有一个消息给你。也许他没穿晚礼服。我去一会儿就来，然后我们一起回旅馆。"

她不自然地对他一笑。"我想今晚不能好好陪你，今天这一天也真够使人心烦的了。我很抱歉。"她歉意地点点头站起身来。

邦德也随即站起来，敷衍了一句："没关系，我来结账。"他说着，看着她走向出口处。

然后他坐下来，点燃一支烟，感到很无聊，同时也感到身体疲惫不堪。房间闷热的空气困扰着他，就像前一天早些时候赌场里的沉闷空气使他感到非常难受一样。他叫服务员来结账，喝了最后一口香槟。香槟有点儿苦，就像许多人喝第一杯时的感觉那样。他倒想看看马西斯那张兴奋的脸，听听他的消息，哪怕只听到他对自己的一句祝贺也好。

突然，他对那张给维斯帕的字条产生了怀疑。这不是马西斯的办事方式。他应该请他俩和他一起去赌场酒吧，或者来夜总会和他俩坐在一起，无论他穿什么衣服。他们将会坐在一起谈笑风生，马西斯会很激动，同时会告诉邦德很多情况，比如，第三个保加利亚杀手已经被捕了，那个弃杖逃跑的保镖以及勒基弗离开赌场后的行踪。

邦德顿时感觉不寒而栗，他迅速结好账，不等服务员找钱就拉开椅子，疾步走向大门，来不及理睬侍者领班和看门人的道别，就走了出去。

他穿过赌博间，朝长长的大厅左右仔细瞧了瞧，不见琳达。他焦躁地加快脚步，来到衣帽间一瞧，只有一两个工作人员和两三个穿着晚礼服的男女在取东西。

没有维斯帕，也不见马西斯。

他几乎跑了起来，冲到出口，看看左右两边的台阶和剩下的几辆汽车。

门童朝他走来。

"要乘出租车吗，先生？"

邦德向他摆了摆手走下台阶，睁大双眼在黑暗中仔细搜寻。夜晚的冷风吹在他冒汗的两鬓上。

他刚下了一半台阶，就听到一阵微弱的呼喊声，接着，右边传来砰的一声汽车关门声和排气管发出的一阵刺耳吼声。只见一辆甲虫形的雪铁龙轿车猛地从黑暗中蹿到了月光下，它的前轮在前场的鹅卵石上飞快地滚动着。

车尾在轻轻摇晃，仿佛后座那里正发生着搏斗一样。

汽车咆哮着飞速驶到宽阔的大门前。一个小小的黑色东西从车后敞开的窗子里扔了出来，落到花圃中。当汽车开上林荫大道，急速向左拐时，车轮发出了和柏油路摩擦的刺耳声音。雪铁龙汽车在排气管发出的震耳欲聋的吼声中，从二挡猛地推到了最高挡，然后声音渐渐小了下来，汽车穿过两边都是高楼大厦的街道，朝海岸公路驶去。

邦德知道他必须先把从车上扔到花丛中的东西找到。

他飞快地跑到花圃中，很快就找到了。那是琳达的手提包。他拿着提包跑过卵石路来到明亮的台阶处，搜寻着包里的东西。这时，门童正在他附近徘徊。

一张揉皱的字条放在包里：

你能来大厅一会儿吗？我带来了你同伴的消息。勒内·马西斯。

第十五章
猎狗追黑兔

这些唠叨的女人总是自以为能干男人的工作，这是他一直担心的事。她们究竟为什么不能待在家里，把精力花在锅碗瓢盆上，把精力花在漂亮衣裙和八卦聊天上，而把男人的工作留给男人做呢?

这是最拙劣的伪造。

邦德跳上宾利汽车，立刻发动了汽车，发动机呼呼地旋转起来。门童跳到一边，汽车的吼声淹没了他微微颤抖的话语。车的后轮在沙砾路上摩擦着，扬起的沙砾打在了他那烫得笔直的裤腿上。

当汽车出了大门拐向左边时，邦德恨不得一下子追上前驱动和低底盘的雪铁龙。他把车速推到最高挡，横下心来向前追去。城里大街的两边传来排气管的巨大回音。

他很快开上了海岸公路。这是一条穿过沙丘的宽广公路。他早晨曾从这里驶过，所以知道路面很好，几处拐弯的地方清晰可见。他把油门踩到底，发动机的转速越来越快，汽车的速度从每小时80英里加快到了90英里。巨大的车灯射出一道白光，照亮了半英里长的公路，好像在黑夜中开辟出了一条隧道一样。

他知道雪铁龙一定会走这条路。他已经听见了排气管从远处发出的声音，还有扬起未散的尘土。他希望很快可以看见前面的车灯。夜空非常安静、清晰，只是在海面不时有点儿薄雾。他可以听见船上喇叭的低鸣。

他驾驶着汽车在黑夜中疾驶，速度在不断增加。他一边注意着前方，一边骂着维斯帕，骂着派她来执行这项任务的M。

这些唠叨的女人总是自以为能干男人的工作，这是他一直担心的事。她们究竟为什么不能待在家里，把精力花在锅碗瓢盆上，把精力花在漂亮衣裙和八卦聊天上，而把男人的工作留给男人做呢？现在发生这样的事，而且是在他刚刚出色地完成任务之后，维斯帕就中了圈套，就像连环漫画里的女主角那样，这个傻丫头！

邦德一想到自己陷入了这样的困境就十分恼怒。

事情肯定是这样的，他们是想用她做交易，用那4000万法郎换人。不过，他是不会做这笔交易的，甚至连想都不会想。她是情报局的人，应该知道这样做的严重性。他甚至不必去请示M。这个任务远比她重要。这件事真是糟透了。她是一个好姑娘，但他不能这么幼稚地中敌人的圈套。没门儿！他要设法追上雪铁龙，用枪把那帮人干掉。如果她在枪战中被击中，那也是没办法的事。他尽力而为，在他们把她绑架到某个偏僻之处前救出她。但如果他追不上他们，他将返回酒店睡一觉，不再说这件事。等到第二天早晨，他将向马西斯讲明事情经过，并出示字条为证。如果勒基弗是想用那姑娘跟邦德换那笔钱的话，邦德是不会答应的，也不会说。那么，那姑娘也只好受些罪了。如果门童说出了所看到的情景，那么邦德将会借口说自己喝醉了酒，和姑娘吵架后她离开了。

邦德的脑子里翻来覆去地考虑着这些问题，同时开着车在海岸公路上疾驶。他拐了几个弯，注视着路上通往皇家赌场的汽车或自行车。前面是笔直的道路，在增压器驱使下，宾利25马力的发动机在黑夜里发出尖叫。车速不断加快，时速表上的指针从110英里指向120英里。

他知道自己的车速一定比前面的车快。雪铁龙载着4个人，在这种道路上顶多只能开到每小时90英里。他减到时速70英里，打开雾灯，关掉两只大灯，以便看清远方的情况。果然，他清楚地看见前面海岸公路一两英里以外的地方，另一辆汽车也在疾驶。

他从仪表板下一个隐蔽的枪套里掏出一把长筒柯尔特军用点45手枪，放在旁边的座位上。在这种路面情况下，如果走运的话，他希望在相距100米时用枪击中前面那辆车的轮胎或油箱。

然后，他再次打开大灯，呼啸着向前冲去。他感到非常镇定、轻松。维斯帕的生命已不是问题了。他的脸在仪表板的蓝色灯光的映衬下显得残酷而平静。

前面那辆雪铁龙里坐着三个男人和那个姑娘，勒基弗亲自开着车，他那庞大的身体前弓，双手轻松自如地握着方向盘。他的旁边坐着那个在赌场弃杖逃跑的矮胖保镖。他正用左手抓着一根粗实的拉杆，拉杆在他身边，差不多和车底板平行，看上去是根能够调节驾驶座位的拉杆。

后座上是那个高瘦保镖。他向后靠在座背上，看着车顶，显然对汽车的高速行驶不感兴趣，一只手不断地在旁边的维斯帕赤裸的左腿上摸来摸去。

维斯帕被包裹起来。她的双腿裸露到臀部。她那长长的黑色天鹅绒裙子被卷到了她的双臂和头上，还在顶上狠狠地打了个结。裙子在她脸上开了一个小洞，供她呼吸。其他部位没有被绑住。她静静地躺着，身体随着汽车的颠簸而晃动着。

勒基弗的注意力一半放在前面的道路上，一半放在后视镜中渐渐逼近的邦德汽车大灯的光束上。他似乎很镇静地让猎犬和自己之间相距不到一英里，甚至将车速由每小时80英里减到每小时60英里。现在前面是一个急转弯，他又降低了车速。在前面几百米的地方，一根标杆表明前方是一个岔口，有一条小路与公路相连。

"注意！"他严厉地对身边的矮胖子说。

矮胖子的手紧紧地握住拉杆。

在离十字路口100米的地方，他将车速减低到每小时30英里。在反光镜中，邦德的汽车已经开到了急转弯处。

勒基弗终于打定主意，咬咬牙下达命令。

"放！"

矮胖子猛地向上扳起拉杆。汽车后部的行李箱像鲸一样张开了黑洞洞的大口，路上传来一阵叮叮当当的响声，接着是一阵很有节奏的刺耳的声音，仿佛车后拖着一根长链条一样。

"关上！"

矮胖子用力压低拉杆，刺耳的声音随着最后一阵铿锵声停止了。

勒基弗再次看了看反光镜，邦德的汽车刚刚拐出急弯。勒基弗改变了行车路线，把雪铁龙开向左边的狭窄小道，同时关掉了车灯。

　　他猛地踩下刹车踏板，把车停下。三个男人一齐迅速地下了车，在一片低矮篱笆的掩护下迅速往回跑向十字路口。此时的十字路口被宾利汽车的灯光照得通亮。他们每个人都握着一支左轮手枪，瘦高个儿右手还握着一颗手榴弹。

　　宾利就像一列特快列车一样朝他们呼啸着冲过来。

第十六章
落 入 敌 手

邦德的另一只脚由于整个人完全失去平衡而离开了地面，他的整个身体在空中旋转着，随着前冲的惯性，猛地摔跌在地板上。

邦德的身体和双手随着公路的弯道和坡度急剧抖动，以使汽车能顺利转弯。两辆车的距离在渐渐缩短，他构思着行动计划。他想到如果前面有岔道，敌人一定会设法利用它摆脱自己。因此，当拐过弯道，看到前方没有车灯时，他本能地松开油门，看到那根标杆后，便准备刹车。

邦德的时速只有60英里，前方公路右边隆起了一块黑色的东西。他以为那块黑色东西是路边的某一棵树投下的阴影。这时，他已经没有时间反应了。右边的车轮突然轧上一块布满钢钉的乌黑钢板，接着，他的整辆车轧上了钉板。

邦德本能地拼命踩刹车，用尽全身气力扳住方向盘，以防汽车向左猛冲。但他只是把车控制了几秒钟，就在右轮扎进钢钉里的同时，笨重的汽车随着一阵刺耳的车轮打滑声在路中间打起了转，接着猛地向左倾斜，把邦德从驾驶座位上抛到了车内的地板上，接着车身整个翻过来躺在路上，前轮呼呼地空转着，刺眼的前灯光直刺夜空。刹那间，汽车靠着油箱支撑着躺在路上，像一只巨大的螳螂一样用爪子抓着天空。接着车又慢慢翻了过来，车身配件和玻璃飞散四处。

在震耳欲聋的声音中，左前轮空转了几下才停下来，四周又恢复了宁静。

勒基弗和两个手下从埋伏地点走几米就到达了翻车现场。

"枪收好，把他拖出来，"勒基弗厉声命令道，"我掩护你们，对他小心点儿，我可不想要一具死尸。快点儿，天快亮了！"

两个保镖跪在地上，其中一个掏出一把折刀，割断风挡玻璃背后的帆布，伸手进去抓住了邦德的肩膀。邦德已不省人事，不能动弹。另一个家伙从车窗爬进车里，放平摆在方向盘和汽车帆布顶之间的邦德的双腿，然后他俩把邦德一点点地从帆布上的洞中拖了出来。

当他们把邦德放在公路上时，已经累得满头大汗，脸上沾满了灰尘和油污。

瘦高个儿摸摸邦德的心脏，还有心跳，于是，他打了邦德两个耳光。邦德呻吟起来，一只手动了动。瘦高个儿又打了他一个耳光。

"够了，"勒基弗说，"把他的双手绑起来，放进车子里。接着！"他把一卷电线扔给瘦高个儿，"先搜空他的口袋，把他的枪给我。他也许还带着其他武器，我们可以过一会儿再检查。"

他接过瘦高个儿递过来的邦德口袋里的物件，连看也没看一眼，就把这些东西连同邦德的贝雷塔手枪放进宽大的口袋里。他让属下留下来善后，自己则朝汽车走去。他脸上的神情既不愉快，也不兴奋。

邦德的双腕被电线紧紧地绑在一起。他感到浑身疼痛，仿佛被木棒打过一样，但当他被猛地拉着站起来、推搡着走向那条狭窄的小道时，他发现自己身上的骨头完好无损。雪铁龙的发动机已经轻声转动起来。他自知绝无可能逃脱，只好任凭自己被拖向汽车的后座，没做丝毫反抗。

他感到心力交瘁，不由得垂头丧气。就像他的身体一样，意志已变得很脆弱。他在过去24小时中承受的打击实在太多了，所以这最后一击足以令他一蹶不振。这次不可能出现什么奇迹拯救他了。没有人知道他在哪里。只有到了早晨，才会有人发现他不见了。他的汽车的残骸将会被人发现，但要花好几个小时才能搞清汽车的主人是谁。

还有维斯帕。他向右边张望，视线越过那个靠在椅背上闭目养神的瘦高个儿看到维斯帕。他的第一反应是想痛骂她一顿。那个愚蠢的姑娘像只鸡一样被绑住双臂，用裙子蒙住头，就像一个包裹。但接着他感到她十分可怜，她那赤裸的双腿显得那么无辜和无助。

"维斯帕。"他轻声叫道。

角落里的那个包裹没有反应，邦德心中一凉。片刻，她微微动了一下。

与此同时，瘦高个儿用坚硬的拳头朝邦德的前胸处狠狠打了一下。

"闭嘴！"

邦德蜷缩起身子，想躲过瘦高个儿的第二拳，但这一拳打在了后颈部，他本能地后仰，深深地吸了一口气。

瘦高个儿用掌锋很专业地砍在他脖子上，动作非常准确，毫不费力。对邦德略施惩戒后，瘦高个儿又靠在了椅背上，双眼闭了起来。他是个可怕的人物，一个十足的恶棍。邦德希望自己还能有机会杀死他。

突然，汽车的行李箱打开了，传来一阵铿锵的声音。邦德想，这是矮胖子在撤回那张铺在地上的钉板。他知道钉板用来暗算汽车最有效。第二次世界大战期间，法国的游击队就用它来对付德国的指挥车。

这些家伙的才干和使用这种装置的智慧令邦德懊悔不已。M低估了他们。他抑制住了咒骂伦敦的念头。他应该事先考虑到这一点的，应该注意每一个细小的迹象，应该十分谨慎地行事。一想到自己在夜总会痛快地喝着香槟，而敌人却在精心准备着反击，邦德就后悔不迭。他骂自己的麻痹大意，骂自己的狂妄自大，误以为这场战斗已经取得了胜利，敌人已经溃败。

在这段时间里，勒基弗什么也没说。关好行李箱后，矮胖子爬上了车，坐在邦德身旁。勒基弗立刻把车开回到大路上，然后猛地换上高速挡，车子沿着海岸疾驶，很快，车速上升到了70英里。

此时已是黎明，邦德估计是5点钟。他回忆起来，再向前开一两英里，就可以拐向勒基弗的别墅。他本来以为他们不会把维斯帕带到那儿去，现在他知道了，维斯帕也是钓大鱼的诱饵。勒基弗要打什么鬼主意，已经昭然若揭了。

这是一个极其恶毒的计划。自从邦德被捕以来，他还是第一次感到了恐惧，他直感到一阵寒气袭向脊骨。

10分钟后，雪铁龙拐向左面，沿着一条上面长满小草的小道行驶了几百米，然后穿过一对破旧的门柱廊，开进了一个四面都是高墙的院落。他们在一扇油漆剥落的白色门前停下来。门框上的门铃已经锈迹斑斑。一块木牌上写着一排小小的镀锌字母：隐士别墅。在这排字母的下面写着"进门前请按铃"。

邦德从这个水泥门面看出，这幢别墅是典型的法国海滨风格。他可以想象，房产中介在得到租赁通知后，立即派来一名清洁女工匆匆收拾了一番，给陈腐的房间换了新鲜的空气。事实上每隔5年，房屋和外部的门窗都要粉刷一次，向世人露出几个星期的欢迎微笑，然后，冬天的雨水逐渐腐蚀粉刷后的外表，苍蝇也关在了屋里，这幢别墅很快又恢复了原来那种被人遗弃的模样。

但邦德想，今天早晨这幢别墅正可以满足勒基弗的目的。如果他估计正确的话，他将被严刑拷打，甚至惨死，并且无人知晓他的行踪。从他那天侦察的情况来看，他们所经过的地方几乎没有人烟，只是在南面几英里的地方有几处零星的农家。

瘦高个儿用肘猛地击了一下邦德的肋骨，命令他下车。邦德明白，勒基弗即将在没人打扰的情况下折磨他俩几个小时，肯定会让他吃不少苦头。于是，他的皮肤再次起了鸡皮疙瘩。

勒基弗用钥匙打开房门，走了进去。在黎明的光亮中显得十分不雅的维斯帕被科西嘉矮胖子推搡着走进屋去，矮胖子嘴里还嘀咕着几个下流词语。邦德不等瘦高个儿吆喝，便自动跟了进去。

前门又锁上了。勒基弗站在右边的一房门口，朝邦德勾了下手指，下达了一个无声的命令。

维斯帕被矮胖子挟持着沿走廊朝后屋走去。邦德突然想好了主意。

他飞起一腿，猛地向后一踢，踢在瘦高个儿的小腿上，瘦高个儿发出了一声疼痛的叫唤。邦德趁机猫着腰沿着过道朝维斯帕跑去。在这种时候，他只好用双脚当武器。他打定主意尽可能给那两个保镖一点儿颜色瞧瞧，伺机叮嘱维斯帕几句，告诉她不要屈服。

科西嘉佬已听见瘦高个儿的叫喊声，刚一回头，邦德的右脚腾空飞起，向他的下体踢来。

科西嘉佬像闪电一样急速地靠在过道的墙上。就在邦德的脚呼啸着飞过他的大腿骨时，他非常迅速，但又很沉稳地伸出左手，抓住了邦德的右脚，用力扭了起来。

邦德的另一只脚由于整个人完全失去平衡而离开了地面，他的整个身体在空中旋转着，随着前冲的惯性，猛地摔跌在地板上。

他躺在地板上，大口喘着气。接着那个瘦高个儿赶上前来，抓住邦德的衣领把他拉了起来，抵在墙上。他手里拿着一把枪，两眼喷火地瞪着邦德的眼睛。然后他不慌不忙地弯下腰，用枪管猛击邦德的小腿。邦德惨叫一声，双膝跪在地上。

"下次再做小动作，老子就打断你的牙。"瘦高个儿用蹩脚的法语说道。

门猛地关闭，维斯帕和那个科西嘉佬消失在门里。邦德把头转向右边，勒基弗已经向过道里走了几步。他抬起手指，再次弯曲了一下。

　　然后他第一次开了腔："来，我亲爱的朋友，请不要再浪费时间了。"

　　他的英语没有口音，声音低沉、柔和、不慌不忙。他的脸上毫无表情，好像医生在招呼等待就诊的病人，而病人却歇斯底里地和护士争论着。

　　邦德再次感到自己的软弱无力。那个矮胖子是个柔道行家，所以才能气定神闲地制住他。那个瘦高个儿对他所采用的手段更是冷酷而精准，很有技巧。

　　他无计可施，只得乖乖地向过道走去。

　　刚才交手的这一回合他没有捞到什么便宜，反而给自己增加了几处伤痕。

　　当他跟着瘦高个儿走过门槛时，他知道自己已完全处于他们的控制之中了。

第十七章
生 死 拷 问

他的那些被德国人和日本人折磨过而侥幸活下来的同事告诉过他，人在受刑的末期甚至能隐约领略到一种快感，一种模糊的类似两性交欢的快感。此时，疼痛变成了快乐，仇恨和恐惧变成了一种受虐狂的享受。

　　这是一个宽敞空旷的房间，里面放着几件廉价的法式家具。很难说这是一间客厅还是餐厅，因为看起来容易损坏的玻璃餐柜占据了门对面的大部分墙壁，并且和放在屋子另一边的褪了色的粉红色沙发很不协调。玻璃餐柜里放着一个橘黄色的水果盘和两个木制烛架。

　　屋中间雪白的吊灯下没有桌子，只有一小块方形的带有污渍的未来派风格的棕色地毯，和屋里家具形成鲜明对比。

　　窗旁有一张看起来很不相称的大班椅，椅子是用栎树雕刻而成的，上面饰以红色丝绒。椅子旁边是一张茶几，上面放着一只空水瓶和两只玻璃杯。离茶几不远的地方还有一张没有坐垫的轻便藤椅。

　　半开的软百叶窗遮住了人的视线，晨光透过窗户的铁栏把一束束光线投射在几件家具上，照亮了色彩鲜艳的墙纸，也照亮了褪了色的棕色地板。

勒基弗指了指藤椅。

"就坐这把椅子，"他对那个瘦高个儿说道，"让他好好享受一下。如果他反抗，就给他点儿颜色瞧瞧。"

然后他转向邦德，一张大脸上没有一点儿表情，圆圆的眼睛射出冷冷的光。

"先把衣服脱了。如果你想反抗，巴兹尔将会折断你的手指。我们说到做到。你的健康对我们来说无关紧要。你是否能活下去，全看我们谈话进行得怎么样。"

他向那个瘦高个儿挥了一下手，然后离开了房间。

瘦高个儿最初的动作很稀奇。他打开那把曾划开邦德汽车帆布的折刀，拽过那把小扶手椅，敏捷地把上面的藤条割断挖掉。

然后他转向邦德，但并没有把折刀收拢，而是往背心口袋里一插，像别上一支钢笔那样把刀装进口袋。他把邦德扳过来面朝光线，解开他手腕上的电线，然后迅速闪到一边，刀子又紧握手中。

"快点儿！"

邦德站在那儿，擦揉着肿起的手腕，心中盘算着怎样可以拖延时间。但他只消磨了一会儿，那个瘦高个儿就迅速向前走了一步，用那只空闲的手向下猛地一挥，揪住邦德晚礼服的衣领，往下猛扯，邦德的双臂不由自主地向后扭曲。邦德单膝下跪，像一个老警察一样做了一个习惯性的抵抗动作；但当他跪下时，瘦高个儿也跪下来，同时，拿起小刀在邦德的后背上下划着。邦德感到一片冰凉的东西从背脊划过，锋利的刀子划在衣服上发出一阵嗞嗞的声音。当他的上衣被划成两半掉下来时，他的双臂突然自由了。

他咒骂着站了起来。瘦高个儿也立即闪回原来站的地方，手中仍握着那把刀。邦德干脆让划成两半的晚礼服滑落到地上。

"快点儿！"那个瘦高个儿很不耐烦地吼道。邦德盯着他的眼睛，然后慢慢地脱起衣服来。

勒基弗一声不吭地走进屋里，端着一个散发着咖啡味的茶壶。他把壶放到靠窗的一张小桌上，又放上两件不同寻常的东西：一根一米长的双股藤条和一把雕刻刀。

他舒适地坐在那张御座般的椅子上，把壶里的咖啡倒进一只玻璃杯里，又用一只脚把那张空心的扶手椅钩到身前。

邦德裸身站在房中，白皙的皮肤上显出几条青肿的伤痕，脸色因过度疲劳而变得铁青，想象着将要发生的一切。

"坐在那儿。"勒基弗朝他前面的椅子点了点头。

邦德走过去，在藤椅上坐了下来。

瘦高个儿掏出一截电线，用电线把邦德的手腕绑到椅子的扶手上，把他的双脚的踝关节绑在椅子的两条前腿上；又在邦德的胸脯上绕了两道绳子，绳子穿过腋下，绕到椅背，然后准确无误地打了个结。他绑得很紧，绳子深深地勒进邦德的皮肉里。

他成了一个名副其实的犯人，赤身裸体，毫无防御能力。

他的臀部和下身穿过藤椅上的空洞，不由自主地陷了下去。

勒基弗朝瘦高个儿点点头，瘦高个儿一声不吭地离开房间，关上了门。

桌上有一包高卢牌香烟和一只打火机。勒基弗点燃一支香烟，喝了一口玻璃杯里的咖啡。然后他拿起藤条，把手柄悠闲地放在膝盖上，藤条顶部正好放在邦德椅子前的地板上。

他盯着邦德，目光阴险恶毒。突然，他膝盖上的手腕猛然一抽。

结果是非常可怕的。

邦德的整个身体痉挛般地蜷缩起来。脸上的肌肉收缩着，痛得龇牙咧嘴。他猛地向后一甩头，露出颈部绷紧的肌肉。一瞬间，全身肌肉都紧张得鼓成一团，脚趾和手指向下用力，直到变成白色。初次痉缩过后，他浑身上下渗出了豆粒般的汗珠，嘴里发出长长的呻吟。

勒基弗等待着他睁开双眼。

"明白了吗，我的乖乖？"他微笑起来，"你该清楚现在的处境了吧？"

一滴汗水从邦德的下巴滴落到他赤裸的胸脯上。

"现在我们来谈谈正事吧，看看我们需要多久才能解决这桩麻烦事。"他得意地吸了口烟，然后用那可怕的刑具在地板上警告似的敲了敲。

"我的小乖乖，"他说话的声音就像一个父亲，"好人抓坏人的小孩子游戏结束了，彻底结束了。不幸的是你现在陷入了只供大人玩的赌局中，而且你已经尝到了一点儿苦头。我的小乖乖，你还没准备好就和大人玩这游戏，你那伦敦的傻保姆十分愚蠢地把你派到这儿来，让你两手空空地自投罗网。愚蠢，太愚蠢了。这也是你最大的不幸。

"现在我们停止玩笑吧，我的朋友，我很肯定你已经在刚才吃了点儿苦头。"

他突然收起揶揄挖苦的语调，恶狠狠地盯着邦德。

"说，钱在哪里？"

邦德那充血的眼睛空洞地看着他。

手腕再次向上抬起，邦德的整个身体又一次蠕动和扭曲。

勒基弗等着邦德那备受折磨的心脏慢慢地恢复了平稳的跳动，等着他的双眼再次茫然地睁开。

"也许我应该先解释一下，"勒基弗说，"我打算专门折磨你身上的敏感部位，直到你回答我的问题为止。我这人没有怜悯心，更不会对你发慈悲。你别指望有人戏剧性地在最后一秒救你，你也毫无可能逃走。这可不像那些浪漫的冒险故事：什么歹徒最终被彻底击败，什么英雄得到了勋章和美女。不幸的是，这些在真实生活中是不会发生的。如果你继续顽固下去，那么你将被折磨得半死，然后我要人把那小妞带来，当着你的面把她办了。如果这样做还不行的话，那就将你们俩折磨死，把你们的尸体扔去喂野狗。我可以跑到国外去，舒适的公寓在等着我。我将在那里东山再起，幸福生活，平安度过晚年。因此你想想看，我的小乖乖，我没有任何损失。如果你把钱交了出来，你的前景就比现在好多了。如果你不把钱给我，那我只好耸耸肩膀继续我行我素了。"

他稍作停顿，手腕在膝盖上轻轻扬了扬。藤条刚轻轻碰到，邦德的皮肉就下意识地瑟缩起来。

"但你呢，我亲爱的朋友，只有一个方法可以减轻痛苦和拯救自己。除此之外，你别无选择，绝对没有。"

"考虑好了吗？"

邦德干脆闭起眼睛，等待疼痛再一次来临。他知道拷打之初是最难以忍受的。人对痛楚的感受能力呈抛物线形，疼痛渐渐增强到顶峰，然后，神经的反应就逐渐减弱，直到最后昏迷、死去为止。他只是希望疼痛能尽快达到高峰，希望自己的坚忍能帮助自己挺过顶点到来之前的这一段痛苦历程，然后慢慢地滑落到最终眩晕的状态。

他的那些被德国人和日本人折磨过而侥幸活下来的同事告诉过他，人在受刑的末期甚至能隐约领略到一种快感，一种模糊的类似两性交欢的快感。此时，疼痛变成了快乐，仇恨和恐惧变成了一种受虐狂的享受。这是对意志力的终极考验，他对此心知肚明，要尽量不表现出被打得晕头转向的样子，否则用刑者会在高潮出现前马上杀了你，或者会故意放缓一下折磨，让受刑者恢复一部分知觉，以便更暴虐地折磨你，使你屈服。

他微微睁开眼睛。

勒基弗的藤条就像一条响尾蛇一样从地板上跳起，接二连三地猛抽。邦德尖声叫喊着，他的身体就像一个扯线木偶一样在椅子里扭动。

只有在邦德的痉挛显得有点儿呆滞时，勒基弗才停止折磨。他坐等着，呷着咖啡，就像外科医生在做棘手的手术时看着心脏起搏器一样微微皱起了眉头。

邦德的双眼眨了一下，然后睁开时，勒基弗再次训起话来，只是此时话音已经显得很不耐烦了。

"我们知道钱就在你房间的某个地方，"他说，"你要了一张4000万法郎的支票。我们也知道你专门回到酒店把钱藏了起来。"

邦德在这一瞬间很纳闷儿，他怎么会知道的。

"就在你离开酒店去夜总会时，"勒基弗继续说，"我们搜查了你的房间。"

邦德想，芒茨夫妇在这中间一定起了作用。

"我们在房间里发现了许多幼稚的私密玩意儿，比如在马桶的浮球阀里找到了有趣的密码本，在抽屉后面发现了一些文件。所有的家具都被我们劈碎了，你的衣服、窗帘和被单全被划开。你房间的每寸地方都被搜查过，所有的东西都被移动过。然而很遗憾，我们没能找到那张支票。如果我们找到了的话，你也不至于落到这个地步，说不定正舒舒服服地躺在床上，也许还抱着那位美丽的琳达小姐呢。"话音刚落，他又把藤条猛地抬起。

模糊中邦德想起了维斯帕。他完全想象得出她将怎样被那两个保镖轮番玩弄。在把她交给勒基弗之前，他们将尽情向她发泄兽欲。他眼前又模糊地显现出科西嘉佬湿润的厚嘴唇和瘦高个儿残酷的奸笑。可怜的人儿竟卷入了这些丧心病狂的野兽的淫虐当中。

耳旁又响起勒基弗的说话声。

"受刑是一种可怕的经历，"他说着，吸了一口烟，"但对施刑者来说又特别痛快。特别是当受刑人——"他想到这个词于是笑了，"是个男人的时候。你是知道的，亲爱的邦德，对于一个男人来说，根本不必采用文雅的方式。就用这个简单的玩意儿，或者用其他任何方法，我就能使一个男人遭受到极大的痛苦并失去做男人的尊严。不要相信你看过的那些描写战争的小说和书籍。那里面描写的折磨方法都不可怕。但这玩意儿可真厉害呀，不仅能立刻使你皮肉受苦，而且能把你的男儿气概渐渐摧毁殆尽，如果你不屈服，你将不再是个男人了。

"亲爱的邦德，想想看，这是多么凄惨的画面啊，身心受尽折磨，最后还得恳求我给你个痛快的了断。如果你不告诉我钱藏在哪里，那么这画面将会变为现实。"

他往杯子里倒了一些咖啡，一口喝干，嘴角留下一圈棕色的水渍。

邦德的嘴唇扭动着，想说什么。最后，他终于干哑地挤出了一个词："水。"说着，伸出舌头舔了一下干燥的嘴唇。

"当然可以，亲爱的邦德，瞧我这人多粗心！"勒基弗在另一只玻璃杯里倒了些咖啡。此时，邦德椅子周围的一圈地板上已滴满了汗珠。

"我确实应当让你的嗓子保持湿润。"

他把藤条放在地板上，从椅子上站起来，走到邦德身后，一只手抓起邦德汗湿的头发，把邦德的头往后拉得高高仰起。把咖啡一点点地倒进邦德的喉咙里以避免窒息。灌完后，他松开头发，邦德的头又低低地垂在胸前。

勒基弗走回到椅子旁，拿起了藤条。

邦德抬起头，挣扎着开了腔："钱对你来说没用。"他的声音既吃力又沙哑，"警察会追踪到你的。"

他仿佛用尽了全身气力，头又向前垂下，一动也不动。其实他是故意夸大了自己身体受伤的程度，想借此拖延几分钟，推迟下次被折磨的时间。

"哦，我亲爱的朋友，我忘记告诉你了。"勒基弗狡猾地微笑起来，"我们可以对外宣称，在皇家赌场赌博之后，我们又见了面。你是一个很有体育精神的人，你同意我们俩再打一次牌，做最后的生死决战。这是一种英勇的风度，典型的英国绅士。

"遗憾的是，你输了，这使你非常不安，你决定立刻离开这里，去一个无人知晓的地方藏身。出于你的豪爽性格，你非常和气地给了我一张字条，解释了为什么会输给我，并且告诉了我怎样从银行兑换那张4200万法郎的支票。这样我在用你的支票兑换现金时就不会出现麻烦。你瞧，小乖乖，一切都安排好了，你不必为我担心。"他干笑起来。

"现在继续下去？我是很有耐心的。老实对你说吧，我倒很有兴趣看看一个男人到底对这种特殊形式的……呃……激励方式能忍受多久。"说着他举起藤条在地上狠狠抽了一下。

邦德的心一沉，原来是这样。"无人知晓的地方"无非就是地下或海底，或者更简单一点儿干脆把他放在撞毁的宾利车下。好吧，邦德打定主意视死如归，死前还必须尽最大努力与敌人周旋到底。他并不指望马西斯或雷特会及时救出他，但自己晚死一点儿，就至少有可能使他们在勒基弗逃跑之前抓住他。现在一定已经是清晨7点了，他那摔坏的汽车现在也许已被发现。这是一种不幸的选择，但是勒基弗折磨邦德的时间越长，那么他受到严惩的可能性就越大。

邦德挣扎着抬起头，愤怒地盯着勒基弗的眼睛。

勒基弗的眼白此时充满了血丝，那双眼睛看起来就像两颗黑色的无核小葡萄干陷在血中一样。宽宽的脸庞也已变成淡黄色，一撮浓黑的短髭盖住了微湿的皮肤。嘴角的周围留着一圈咖啡沫的痕迹，给人一种假笑的样子。在透过百叶窗的光线中，整张脸显得半明半暗。

邦德坚决地说："不，你休想！"

勒基弗哼了一声，狂怒地再次扬起藤条，还不时地像一只野兽一样怒吼着。

10分钟后，邦德晕了过去，完全失去了知觉。

勒基弗立刻停止了抽打。他用那只空闲的手在脸上抹了抹，擦去了脸上的一些汗水，然后看了看表，仿佛想好了主意。

他站起身，站在那具毫无生气的湿漉漉的身体后面。邦德的脸上和腰部以上的地方没有一点儿血色，只有心脏部位还有着微微的颤动，如果不是这么一点儿生命迹象的话，那他也许已经死了。

勒基弗抓住邦德的耳朵，猛地拧他的耳郭，然后他倾身向前，左右开弓打了邦德几个耳光。邦德的头随着他的每一击而左右摆动着。渐渐地，邦德的呼吸变得沉重而混浊起来，一阵痛苦的呻吟声从他那垂下的嘴里哼出来。

勒基弗端起一杯咖啡，往邦德的嘴里倒了一些，然后把剩下的咖啡泼在他的脸上。邦德的眼睛慢慢睁开了。

勒基弗回到自己的座位上等待着，他点燃了一支香烟，注视着邦德座椅下那一摊血迹。

邦德再次可怜地呻吟起来，这是一种非人的声音。他睁大了眼睛，茫然地盯着这个魔鬼，这个虐待狂。

勒基弗终于开口说话了。

"到此结束，邦德。不是要你的命，明白吗？你的戏结束了。接下来我们让那小妞来演，或许她演得比你更精彩。"

他朝桌子走去。

"再见，邦德。"

第十八章
清 理 门 户

寂静中，夏日特有的各种欢快的声音从紧闭的窗子中挤进来。两块粉红色的亮斑映在左边的高墙上。那是地板上两摊鲜红的血迹，被6月的阳光从百叶窗照射进来再反射到墙上。

　　此时竟然奇迹般地响起了第三个声音。在将近一小时的折磨期间，邦德只听到那种可怕的抽打声，他的思维已非常迟钝。现在他突然感到他的意识恢复了一半，视力和听力也恢复了。他听见从门口传来一声轻叱，之后便是一阵死一般的寂静。他看见勒基弗的头慢慢地抬起，看到他那十分惊讶和诧异的神情渐渐变成了恐惧。

　　"住手。"那个声音平静地说。

　　邦德听见有人慢慢地走到他的椅子后。

　　"放下。"那声音命令道。

　　邦德看见勒基弗的手顺从地张开，刀子叮的一声掉落到地板上。

　　他竭力想从勒基弗的脸上看出到底发生了什么，但他只能看到勒基弗脸上绝望、茫然和恐惧的表情。勒基弗的嘴大张着，但它只能发出一个高音语气词"咿呀"。他拼命咽下唾液想说些话，肥厚的双颊在颤抖；他想辩解什么，双手在膝盖上不知所措地乱动着，其中一只手朝口袋微微移动，但又猛然落下。他瞪大眼睛直勾勾地向下迅速瞥了一下，邦德估计，有一把枪正对着他的脑袋。

一阵沉默。

"锄奸团。"

这个词几乎是随着叹息声说出口的，说话人用的是降调，仿佛无须再说其他言语。这确实是最后的判决，不需要任何罪证的判决。

"不，"勒基弗说，"不要，我……"他最终什么也没有说出来。

也许他想解释，想道歉，但他一定已从对方脸上的表情知道，任何解释都是枉费心机。

"你的那两个保镖都死了。你是一个笨蛋、小偷和叛徒。我奉命来清理门户。你还算幸运，现在我的时间只够用枪打死你。我收到指示说，如果可以的话，尽量将你折磨至死。我们不能容忍你弄出的烂摊子。"

那个沙哑的声音停了下来。屋子里一片寂静，只有勒基弗在大声喘息着。

外面的什么地方，一只鸟唱起了歌，还有从刚醒来的乡野传来的其他微弱的声音。勒基弗脸上挂满了豆粒般的汗珠。

"你认罪吗？"

邦德挣扎着恢复了神智。他眯紧眼睛，晃了晃脑袋想使眼前的景象变得更清晰一点儿，但他所有的神经都麻木了，没有一根神经能支配肌肉。他只能把眼睛的焦点集中在他前面的那张宽大而苍白的脸庞和两只鼓出的眼睛上。

又细又长的唾液从张开的嘴中淌出，挂在嘴巴上。

"认罪。"那张嘴动弹了一下。

接着传来噗的一声，并不比一管牙膏漏气的声音大。此外再没有别的声音了。只见勒基弗突然长出了第三只眼睛。这第三只眼睛和其他两只眼睛平行，就在勒基弗的眉心正中。这是一只小小的黑眼睛，没有睫毛，也没有眉毛。

刹那间，这三只眼睛都茫然无措地望着前方，大约持续了一秒钟。接着，整张脸向下沉去，身体跪了下来。外边的两只眼睛慢慢地翻向天花板，然后那沉重的头颅向一边倒去，接着是右肩，最后是整个上身顺着椅子的扶手倒了下去，就像突然休克的重病患者瘫倒在椅子上一样。他的鞋后跟在地上动了几下，接着就不再动弹了。

尸体瘫倒在椅子下，越发显得椅子有个高大的靠背。

邦德听见身后有一阵轻盈的移动，一只手从后面伸来，抓住他的下巴，把头往后扳。

一瞬间，邦德仰头看到一双炯炯有神的眼睛在狭长的黑面罩后面露出来，看到了帽檐下粗糙的长脸，淡黄色风衣的硬领竖起来，遮住了双颌。在他想看清对方的特征之前，头又被放下了。

"算你走运，"那声音又响了起来，"我没有收到杀死你的命令。在过去24小时中，你已经两次死里逃生了。不过，你应当给你的上司捎个信，锄奸团只是偶尔才发慈悲。你第一次捡回小命是靠运气，这一次纯属意外惊喜。因为我必须奉上级命令，才能杀死就像死狗周围的牛虻一样的叛徒身边的外国特务。

"但我得在你身上留个记号。你是一个赌徒，精于玩牌。也许将来有一天你会和我们对垒，让人一眼能看出你是个特务也是好事。"

他走到邦德右肩后面几步远的地方。随着一声折叠刀打开的声音，一只灰呢子的袖管进入邦德的视线。一只多毛的大手从肮脏的白色衬衫的袖口里伸出来，拿着像笔一样的匕首。它在邦德依然被牢牢绑住的右手背上停留了一会儿，然后在上面迅速划了三条直线，第四条从中间划开，到两边两道伤痕为止，就像一个反写的M。血从伤口中涌了出来，慢慢地滴落在地板上。

这种疼痛相对于邦德已经遭受的痛苦而言并不算什么，但他还是疼得再次昏了过去。

那人轻轻地走过房间，门慢慢关了起来。

寂静中，夏日特有的各种欢快的声音从紧闭的窗子中挤进来。两块粉红色的亮斑映在左边的高墙上。那是地板上两摊鲜红的血迹，被6月的阳光从百叶窗照射进来再反射到墙上。

随着时间缓缓推移，那两块粉红色的亮斑沿着墙壁慢慢移动，逐渐拉长变大起来。

第十九章
卧床养病的英雄

他觉得整个身体都被包扎起来，一个像白色棺材一样的东西从他的胸脯一直盖到脚，使人看不清床的尽头。他用一连串的粗话拼命叫喊，终于耗尽全身气力。

如果知道自己正置身于梦中，那么也就意味着梦快醒了。

接下来的两天，詹姆斯·邦德一直在半睡半醒中度过。他做了一个又一个的噩梦，但他始终不能从这一连串的梦魇中清醒过来，为此他万分痛苦，简直受尽煎熬。他知道自己正躺在床上，但却动弹不得；他朦胧地意识到自己身旁有人，但他无力睁开眼睛，重新来到这个世界。

他感到自己在黑暗中才安全，因此他紧紧抱住黑暗不放。

第三天的早晨，一个血腥的噩梦把他惊醒了。他浑身发抖，直冒冷汗。他感到有人用手摸着他的额头，他认为这是在做梦。他想抬起手臂拨开额上的重压，但他的手臂被紧紧地缚在床边，动弹不了。他觉得整个身体都被包扎起来，一个像白色棺材一样的东西从他的胸脯一直盖到脚，使人看不清床的尽头。他用一连串的粗话拼命叫喊，终于耗尽全身气力。咒骂最后成了无声的抽泣。凄凉无望的眼泪止不住夺眶而出。

一个女人在说话，话语渐渐地渗透进他的脑中。这似乎是一种和蔼的声音。他渐渐地感到自己得到了安慰和爱抚。这是一位朋友，而不是敌人。可是他仍然不敢相信这一点。他只知道自己是一个俘虏，这是新一轮折磨拷打的前奏。他感到自己的脸被一块凉凉的毛巾轻轻地擦着，毛巾散发出薰衣草的香味，接着他又做起了梦。

几个小时后当他再次醒来时，所有的恐惧感都消失了，只觉得浑身温暖又倦怠。阳光泻进明亮的屋里，花园里的各种鸟鸣从窗外传进来。不远的地方传来海浪拍打海滩的声音。他转过头，耳旁响起一种沙沙声，一个一直坐在他枕头旁边的护士站起来，走到他身旁。她很美，微笑着把手放在他的脉搏上。

"好了，你终于醒过来了，真叫人高兴。我这辈子从未听过这么多的粗口。"

邦德朝她微笑着。

"我在哪儿？"他问，对自己的声音如此清晰有力感到十分惊讶。

"你是在皇家水城的一家疗养院里。英国方面派我来照看你。我们有两个人，我是吉布森护士。现在请你安静地躺着，我去医生那儿，告诉他你已醒来。自从你被送到这里后，你一直处于昏迷状态，我们都非常焦急。"

邦德闭上双眼，默默地检查着身体的伤处。最疼的部位是双腕、双踝和手背上被匕首划过的地方。胸部没有丝毫感觉。他估计自己被局部麻醉了。身体的其他部位隐隐作痛，令他回想起曾经被鞭打得遍体鳞伤。他可以感到四处绷带的压力，那未包扎的脖子和下巴碰到被单时有针刺般的感觉。从这种感觉中他知道自己一定至少有三天没刮脸了。这就是说，自从那天受折磨以来，已经过了两天。

他的头脑里准备一系列的问题时，门开了，医生走进来，后面跟着护士，在他们的后面是马西斯那熟悉的身影。马西斯愉快的微笑后面隐隐露出焦急的神情，他把一根手指放在双唇上，踮着脚走到窗户旁边，坐了下来。

医生是个年轻的法国人，看上去精明能干。他奉法国国防情报局之命来诊治邦德的病情。他走过来，站在邦德旁边，把手放在邦德的前额上，观察着床后的体温表。

他讲话开门见山。

"你一定有许多问题要问，亲爱的邦德先生，"他用标准的英语说，"我可以把其中大部分答案告诉你。不过我不想让你消耗太多的精力，因此主要由我讲，你少开尊口。然后你可以和马西斯先生谈几分钟，他希望从你这儿得到一些细节。这样的谈话确实为时过早，但我认为你心理上的重负卸掉后，我们可以更好地对你的身体创伤进行康复治疗。"

吉布森护士给医生搬来一把椅子，离开了房间。

"你来这里大约两天了，"医生继续说道，"一个郊区农夫发现了你的汽车，他通知了警察。很快，马西斯先生听说这是你的车，于是立即带着手下人前往隐士别墅。在那里他们发现了你和勒基弗，也发现了你的朋友琳达小姐，她没有受伤。根据她的叙述，她没有受到侮辱。她的神经由于害怕受了点儿刺激，但现在已完全恢复了理智，住在酒店客房里。她收到伦敦的指令，继续在皇家水城协助你工作，直到你完全康复返回英国为止。

"勒基弗的两个保镖死了，各自被一颗点35口径的子弹射入后脑而死。从他们毫无表情的脸来判断，显然没有看到也没有听到那个刺客。他们和琳达小姐待在同一个房间里。勒基弗死了，刺客用相同的武器击中他的双眼之间。你目睹他死时的情景了吗？"

"是的。"邦德回答。

"你的伤势很严重，大量出血，不过生命没有危险。不出岔子的话，你将完全康复，所有的身体功能都不会受到影响。"医生温和地微笑起来，"但我估计，你的疼痛将要持续几天，我将竭尽全力使你舒服些。虽然你现在已经恢复了神智，双臂也能动弹了，但你必须安静休养，千万不可随便移动身体；当你睡觉时，护士将按照命令再次固定起你的双臂。总之，好好休息恢复精力，这很重要。你受到的精神和肉体的打击太大了。"医生稍作停顿，"你被折磨了多长时间？"

"大约一小时。"邦德回答。

"但是，你奇迹般地活了下来，这得祝贺你。很少有人能忍受你所遭受的痛苦。也许是某种信念在支撑着你。马西斯先生可以做证，我诊治过几个和你遭遇相似的病人，没有一个人像你这样坚强。"

医生朝邦德看了一会儿，然后又转向马西斯："你可以在这里待10分钟，然后请你务必离开。如果你使病人的体温上升了，你要负责。"

他向他俩笑了一下，然后离开了屋子。

马西斯走过来，坐在医生刚才坐的椅子上。

"他是个好人，"邦德说，"我很喜欢他。"

"他隶属国防情报局，"马西斯说，"人挺不错，过几天我会向你谈谈他的情况。他认为你是一个奇迹。我也是这样想的。"

"不过，这些话可以稍后慢慢说。你也知道，还有许多善后工作有待处理。我一直被巴黎方面纠缠着，当然，伦敦，甚至华盛顿方面也通过我们的好朋友雷特不断找我问这问那。顺便说一句，"他转了话题，"你们M局长来电话了，他亲自和我通了话，要我转告你，你的所作所为给他留下了深刻的印象。我问他还有什么话要说，他最后说：'哦，请告诉他，财政部松了一大口气。'然后他挂了电话。"

邦德高兴地笑起来。使他感到最激动的是M亲自打电话给马西斯，这是从未有过的事。且不谈他的身份是从不公开的。邦德可以想象，他的这番意外在伦敦这个绝密机构中引起了强烈的震动。

"就在我们发现你的那天，一个又高又瘦的独臂男人从伦敦来到这儿。"马西斯继续说道。他根据自己的经验判断，邦德对这些消息要比其他事情更有兴趣，"他选好了护士，检查了所有的工作。你那辆轿车他也派人送去修理了。他看上去是维斯帕的上司，跟她谈了好长时间，指示她照看好你。"

邦德想，应该是S部主管，他们一定给了我最好的待遇。

"好了，"马西斯说，"我们现在谈正事。是谁杀了勒基弗？"

"锄奸团。"邦德回答。

马西斯轻轻吹了声口哨。

"天哪，原来他们要整肃他。那家伙长什么样子？"

邦德大致叙述了勒基弗死时的情况，他只讲了最重要的细节，其余的话省去了。他虽然费了很大气力，但还是很高兴讲完了所要说的话。他回忆着当时的情景，仿佛又置身于那令人毛骨悚然的梦魇。冷汗从他前额沁出，他的身体又开始隐隐作痛。

马西斯忽然明白自己太性急了。邦德的声音已越来越无力，双眼暗淡无光。马西斯猛地合起速记簿，把一只手放在邦德的肩上。

"请原谅，我的朋友，"他内疚地说，"现在一切结束了，你很安全。一切都结束了，整个计划实施得极其令人满意。我们已经对外宣称，勒基弗用枪打死了自己的两名保镖，然后畏罪自杀了，因为他偿还不起亏空的工会经费。斯特拉斯堡和北方工会现在乱成一团。他曾被认为是一个伟大的英雄，法共的支柱。可是这些妓院和赌场的内幕揭穿了他的真面目，所以他所在组织的人急得像热锅上的蚂蚁。法共对外宣称他患了精神病，但联想到不久前同样精神崩溃的托雷兹，人们也许会觉得他们所有的头目都是疯子。天晓得他们将怎样收拾这个残局。"

马西斯发现自己的话产生了理想的效果，邦德的双眼又亮了起来。

"还有最后一个秘密，"马西斯说，"说完这个我保证马上离开。"他看了看手表。"医生一会儿就要来赶我了。好，那笔钱呢？它在哪里？你究竟把钱藏在什么地方了？我们也仔细地搜查了你的房间，却一无所获。"

邦德咧开嘴笑了起来。

"在里面，"他说，"肯定还在。每个房间的门上都有一个小小的方形黑塑料牌，上面写着房间号码。当然是靠走廊这边。那天晚上雷特离开后，我打开房门，用螺丝刀卸下房间号码牌，把折好的支票塞在里面，然后把牌子上紧。支票一定还在那儿。"他微笑着。"让我觉得开心的是，呆头呆脑的英国人还能指点聪明的法国人。"

马西斯高兴地大笑起来。

"我猜想你这么干也是从我那儿学来的，因为我曾经教过你如何发现芒茨夫妇设置的窃听器。咱们一比一平局。顺便说一句，我们已经抓住了芒茨夫妇，他们只是临时被雇来干这种事的小人物。我们会让他们蹲几年牢。"

当医生板着脸进来时，马西斯迅速站了起来，最后看了邦德一眼。"出去吧，"医生对马西斯说，"出去，不要再来。"

马西斯向邦德愉快地挥了挥手，刚说了几句告别的话，就立刻被医生撵到了门口。邦德听见一阵不满的法语消失在走廊外面。他精疲力竭地躺在床上，但心中因为刚刚所听到的一切而感到无比欣慰。他不自觉地想起了维斯帕，然后很快睡去。

还有许多问题尚待解答，但他们可以等待。

第二十章
善 恶 之 别

我紧接着开了枪，子弹正好从他射击的那个洞穿了过去。正当那个日本人转过脸看着被打坏的窗户时，我的子弹射进了他的嘴巴。

邦德的身体日趋好转。三天以后，当马西斯来看他时，他已能靠着枕头坐在床上了，双手也自由了。他的下身还罩着白色长方形帷罩，但他气色不错，只是偶尔出现一阵疼痛时才眯起眼睛。

马西斯看上去有些气馁。

"这是你的支票，"他对邦德说，"我也很希望口袋里能有一张4000万法郎的支票，走到哪里都神气。最好还是在上面签上字吧，我去替你把钱存入你的账户。没有发现我们那位锄奸团朋友的踪迹。一点儿踪迹也没有。他一定是步行或骑着自行车抵达那幢别墅的，因为你没听见他来到的声音，那两个保镖显然也没听到。这真是件怪事。我们对锄奸团这个组织了解甚微，伦敦也不清楚。华盛顿方面说他们了解，但那都是审讯政治避难者时得来的一些零星材料，毫无意义。那就像在英国街头拉住一个行人打听军情六处的情况，或者向普通法国人询问法国国防情报局的情况一样。"

"那个人也许是从列宁格勒途经华沙转道柏林而来的，"邦德说，"到了柏林，就有许多去欧洲其他地区的路线了。他现在一定已经回到了他的国家，并向上司汇报他没有打死我。我想，他们通过二战以来我办理的一两件案子得到了我的档案。他还自作聪明地在我手上刻了一个间谍的标记。"

"那是什么？"马西斯问，"医生说这个刻痕就像一个正方形的M，还带一个尾巴，但不知有何含义。"

"我当时只瞥了一眼就昏了过去，但是在护士给我裹敷伤口时，我看了几次刻痕。我敢肯定这是俄文字母Ш，看上去就像一个拖有一条尾巴的倒转的M。这是锄奸团组织的缩写字母，他认为在我手上刻上这个标记，就能表明我是间谍。这鬼东西确实让人讨厌，在我返回伦敦后，M肯定会让我再住院，把一块新皮移植在我的右手背上。不过，即使留着这标记也没什么关系。我已决定辞职。"

马西斯张大嘴巴看着他。

"辞职？"他不相信地问道，"究竟为什么要这样做？"

邦德把视线从马西斯身上移开，审视着自己裹满绷带的手。

"当我被勒基弗痛打的时候，"他说，"我突然希望自己能活下来。勒基弗毒打我之前，说了一句话，至今仍在我脑中回荡。他说我'扮好人'。现在我突然觉得，他的话也许是对的。"

"你是知道的，"他说话时眼睛仍看着绷带，"小时候，我们动不动就把人分为好人与坏人。随着年岁的增长，越来越难区分善恶了。在学校上学的时候，孩子们很容易确定自己心目中的坏蛋和英雄，都想长大以后成为一个英雄，杀死坏蛋。"

他固执地看着马西斯。

"这些年来，我亲手杀死过两个坏蛋。第一个坏蛋是在纽约破译我方密码的日本专家。他在洛克菲勒中心美国无线电公司大楼的36楼工作，那儿是日本领事馆。我在它旁边的一个摩天大楼的第40层包了一个房间，从那里越过街道可以清楚地看到他在房间里的一举一动。于是，我在我们纽约的分局里选了一个同事，拿了两把带有瞄准器和消声器的'雷明顿'来复枪。我们把这些器具偷偷运到我的房间。坐等几天后，机会终于来了。我们两人商量好，他先向那人射击，一秒钟后我再射击。他的任务是把玻璃窗射穿一个洞，这样我可以通过那个洞射死那个日本人。我们的计划非常成功。正如我料想的那样，他的子弹打在窗户玻璃上弹了回来，不知飞到哪儿了。我紧接着开了枪，子弹正好从他射击的那个洞穿了过去。正当那个日本人转过脸看着被打坏的窗户时，我的子弹射进了他的嘴巴。"

说完这一段，邦德抽了一会儿烟。

"那次行动干净利落。距离300米，不是面对面地搏斗。第二次在斯德哥尔摩就不同了。我必须干掉一个背叛我们为德国人工作的挪威双重间谍。他的叛变导致我们两个人被捕，那两个人也许会被消灭。考虑到各种因素，这个差事必须在不动声色的情况下进行。我用刀在他公寓的卧室里把他干掉了，他死得并不痛快。

"因为这两次行动，我获得了情报局授予的00代号，自我感觉良好，而且小有名气。00也就是意味着拥有了杀人执照。

"到目前为止，"他再次抬起头看着马西斯，"一切都很顺利，我这个英雄杀死了两个坏蛋。但当另一名英雄勒基弗准备杀死坏蛋邦德，而坏蛋邦德又自认为根本不是坏人时，事情就复杂起来。好人和坏人究竟有什么区别呢？"

"当然，"当马西斯想规劝他时，邦德又补充说，"爱国主义使我的这些行动顺理成章。可如今国家决定对错的观点已有点儿过时。今天我们说共产主义者是坏人，50年前说保守主义者是坏人，也与其斗争，历史发展得很快，好人和坏人的概念也在不断地改变。"

马西斯十分惊讶地盯着他，然后拍了拍他的头，双手抚慰地抱住邦德的臂膀，不解地问："你的意思是说，那个差点儿把你变成太监的勒基弗不能算作坏蛋吗？"他问道："从你这番荒唐的话中，我还以为他是在抽打你的头部，而不是你的……"他朝床后指了指，"你一定是被他抽糊涂了。也许只有M局长派你去对付另一个勒基弗时，你才能清醒过来。我想你仍会继续干下去的。锄奸团又怎么样？我可不允许这帮家伙在法国境内到处杀害那些被他们认为有害的人。你简直是个无政府主义者。"

他摊开手耸了耸肩，然后手臂又落了下来。

邦德忍不住大笑起来。

"我自有我的道理。"邦德继续说，"就拿我们的朋友勒基弗来说吧，说他是邪恶的坏蛋一点儿没有错。至少对我来说，这样的结论是证据确凿的，因为他把我折磨得死去活来。如果他现在出现在我面前，我将毫不迟疑地干掉他，不是因为国家利益或者我的道德高尚，而是给我个人报仇雪恨。"

他抬头看着马西斯，发现对方并不赞同自己这些精辟的反省论述。在马西斯看来，这只是一个简单的职责问题。

他看着邦德一笑。

"继续说下去，亲爱的朋友。一个新生的邦德真让我感到非常有趣。你们英国人就是这样奇怪，为人处世就像中国套盒，大盒套中盒，中盒套小盒，一层一层剥到最后，才会发现里面并没有什么惊人的东西。但整个过程很有趣，能够培养人的智力。继续说下去吧。你也可以一层一层地发挥你的理论。如果下一次我不想干某件苦差事的话，我也许可以用你的理论来对付上司。"他揶揄地笑着。

邦德并不理睬他。

"好，为了说清楚善与恶的区别，我们可以用两种形象来分别代表两种极端的事物，就如同白色和黑色分别代表上帝和魔鬼。上帝是洁白无瑕的，你甚至可以看到他画像上的每根胡须。但魔鬼呢？它究竟是个什么模样？"邦德得意地看着马西斯。

马西斯讥讽地大笑起来。

"就像女人。"

"随你怎么说。"邦德说，"但我近来一直在思考这些问题，我不知道自己应该站在哪一边。我为魔鬼及其门徒，比如像勒基弗这样的人深表遗憾。魔鬼不断地打败仗，而我总喜欢同情落水狗。我们不会给可怜的人一次机会。世上有一本专谈道德的《圣经》，劝人如何行善，但却没有一本《恶经》教人怎样施暴。没有一个摩西式的人物替魔鬼写一部"十诫"，也没有作者来替魔鬼树碑立传。他完全被忽略了。人们无法判断邪恶之人。我们一点儿也不了解魔鬼。我们从父母和老师那里听到的都是耶稣行善的故事传说，却没有读到一本魔鬼留下的描写各种邪恶的书。没有任何对恶人的道德进行说教的格言、寓言和民间传说。"

"因此，"邦德继续说道，"勒基弗的种种恶行就是对'恶'的最好诠释。也许他就是在用现存的邪恶来设法创造一种邪恶的标准。我愚蠢地摧毁了他的邪恶，而使其对立的善良标准得以存在，因此受到了他的惩罚。我们对他的认识还很肤浅，我们只是享有一种看见和估计他的邪恶的特权。熟悉邪恶的一切，更有利于我们认识善良和好人。"

"妙啊，"马西斯说，"我很佩服你的妙论。如此说来，你应该每天遭受折磨，我也应该干点儿什么坏事，而且越快越好。可惜我还真的没干过什么坏事，不知从何着手。杀人？放火？强奸？不，这些都是小意思。我还真得请教善良的萨德侯爵，我干这些事还没有经验。"

他的脸沉了下来，继续说道；"啊，但我们有良心，亲爱的邦德。当我们真的去干罪恶勾当时，我们的良心会怎样呢？良心这个东西是很顽固的，良心从猿猴变成人时就一直存在，想躲也躲不掉。我们必须认真地考虑以上这个问题，否则我们即使在纵情享受时也会受到良心的谴责。或许，在我们干坏事之前，应该首先除掉良心，但那样一来，我们将会比勒基弗更坏。

"对你来说，亲爱的詹姆斯，这是一件容易的事。你可以辞职，另外开始新人生。而且这样做很简单，每个人的口袋里都装有辞职的左轮手枪，如果你想辞职的话，只需要扣一下手枪的扳机就行了，不过同时，你的子弹打在了你的祖国和良心上。这一颗子弹既害国又害己！多棒呀。真是一番既富有挑战又辉煌的成就啊！看来我得赶快投身于这项事业才好。"

他看了看手表。

"啊呀，我得走了。我和警察局局长的会面已经晚了半个小时。"

他站起身笑着。

"我亲爱的詹姆斯，你真应该去各个学院开班授课，宣传你的理论，谈谈这个令你心神不安的大问题，谈谈你是怎样分清好人和坏人、歹徒和英雄等问题的。当然，这些问题难以回答，因为每个人的生活经历都不同，无论是中国人还是英国人。"

他在门口停了一下。

"你承认勒基弗向你个人滥施暴行，而且如果他出现在你面前的话你会杀死他，是这样吗？那好，当你返回伦敦时，你会发现有其他的勒基弗在设法杀死你和你的朋友，毁掉你的国家。M局长将会对你谈起他们的种种罪恶行径。现在你既然已经亲自领略了坏蛋的手段，就不难想象他们能够坏到什么程度。这样，你就应该挺身而出，为保护自己和你所热爱的人民而摧毁他们。对此你是不会犹豫或有什么异议的，因为你现在已经知道他们是个什么模样，已经了解他们对他人的危害了。这样你也许会更加正确地对待你的工作。也许你坚持只打击纯粹属于邪恶的目标，但最终你会发现周围全是邪恶目标，足够你对付一辈子的。当你坠入爱河，有了爱人或妻子，需要养家糊口时，你干起来就更有劲儿了。"

马西斯拉开门，站在门槛上。

"你的周围有很多好人，我亲爱的詹姆斯，他们比那些教条更值得你为之去战斗。"

他大笑起来。"不过别忘了我啊，我们一直合作得不错嘛。"

他挥了一下手关上房门。

"嘿！"邦德想叫他回来。

但是脚步声已迅速到了走廊另一头。

第二十一章
诺言就是诺言

而现在他可以再次见到她了，却害怕起来，害怕自己的身体和器官对她的性感曲线没有反应，害怕自己不能热血沸腾，不能完成人事。

第二天，邦德请求见维斯帕。

他前些时候并不想见她。护士告诉他每天她都来疗养院询问他的情况，并且送来了鲜花。邦德并不喜欢花，他让护士把鲜花送给了其他病人。这样做了两次后，她就不再送花来了。邦德并不是要冒犯她，主要是不想让身边的摆设过于女性化。鲜花既能转达送花人的致意和问候，也能转达同情和爱情。邦德讨厌别人怜悯他，更不喜欢被人像宠物似的宠爱和娇养，因为这样令他感到很不自由，就像得了幽闭恐惧症。

邦德不愿意向维斯帕解释这个问题。同时，他也窘于问一个他至今模糊不清的问题。关于她在出事时的表现，她肯定是要证明自己愚蠢的表现是无辜的，然后他将把一切报告给M局长，由M局长来考虑这些问题。当然他不会过分批评维斯帕，那样也许会使她失去工作。

但首先，他承认他在逃避一个痛苦的问题。

医生经常和邦德谈论他的伤势。他总是对邦德说，他的身体所遭受的打击不会留下可怕的后遗症。他说邦德的身体将完全康复，不会失去任何生理机能。但邦德的双眼和神经方面的敏感度与这些安慰的保证不相符。他依然浮肿，而且伤痕累累，只有镇静剂才能使他免于疼痛。重要的是他老是回忆起痛苦的折磨，他被勒基弗毒打了一个多小时，这肯定使他失去了性功能。他的心灵深处已经烙下了精神创伤，只能通过实际体验来治疗。

自从邦德第一次在隐士酒吧里见到维斯帕，他就认为她合自己的胃口。他知道如果那天在夜总会维斯帕的反应更加热情一些，如果没有发生那意外的绑架事件，他那天夜里已经与她共度良宵了。甚至后来他在汽车里和别墅外看到她那赤裸的双腿，想象着她的其他部位时，他还立刻涌起了一阵强烈的情欲。

而现在他可以再次见到她了，却害怕起来，害怕自己的身体和器官对她的性感曲线没有反应，害怕自己不能热血沸腾，不能完成人事。他已把他们的这次见面当作实验，想知道又怕知道结果。这就是他把他们的重逢拖延了一个多星期的原因，这样他可以让身体恢复得更好一些。他本想再拖一段时间，但他又明白给局长的报告不能再往后拖了，必须马上写，否则伦敦的使者随时可能到来，聆听整个事件的过程。今天见面和明天见面不会相差多少，况且他最终还得面对。

因此，到了第八天他表示要见她，在经过一夜休息后的清晨，他感到精力充沛，头脑也最清醒。

不知为何，他原以为她一定会是大病初愈的样子，脸色苍白，浑身病态。没有想到出现在面前的是个容光焕发、充满朝气的姑娘。她穿着奶白色的蚕丝连衣裙，系着一根黑色皮带，高兴地穿过门，走到床边微笑地看着他。

"天哪，维斯帕，"他做了一个欢迎的动作说道，"你的气色好极了。你刚从一场灾难里挣扎出来，怎么这样容光焕发？"

"我感到非常惭愧，"她坐在他身边说道，"你躺在这儿的时候，我每天都下海晒太阳。医生和S部主管都说我必须去。我想他们说的也有道理，整天待在自己的房间里闷闷不乐对身体也没好处。于是，我在海岸找了一块极好的沙滩。我每天带着午饭，拿着一本书去那儿，直到傍晚才回来，只走很短一段路就到车站。我尽量不去想，这是通往那幢别墅的路。"

她的声音有些颤抖。

一提到那幢别墅，邦德的眼睛就闪动起来。

她鼓起勇气说了下去，没有因为邦德的沉默而停止说话。"医生说，你很快就能自由活动。我想也许……也许过段时间可以带你去那个海滩。医生说游泳对你的身体有好处。"

邦德"嗯"了一声。

"天知道我什么时候能够游泳，"他说，"医生是在胡说八道。如果我真的能游泳的话，也得先一个人躲起来练练才好。我不想吓坏了旁人，"他看了一眼床脚，"我的身上到处是伤疤。你可以自己去海滩，不能因为我让你失去享受的快乐。"

维斯帕听着他这样凄苦的话不禁吓愣了。

"很抱歉，"她说，"我只是想……只是设法……"

突然，她热泪盈眶，强忍呜咽说："我只是想……想帮助你恢复健康。"

她的声音哽咽着，楚楚可怜地看着他，承受着他那带着责难性的目光和态度。然后，她情不自禁地痛哭起来，把脸埋在双手里抽泣着。

"我很抱歉，"她用一种哽咽的声音说道，"我很对不起你。"她伸手从提包里摸出手帕。"这完全是我的过错，"她用手帕轻抚着双眼，"我知道这全是我的错。"

邦德立刻变得温和起来，把裹着绷带的手放到她膝上。

"没关系，维斯帕。很抱歉我刚才太粗鲁了，这只是因为我很嫉妒你能在日光下沐浴，而我只能躺在这里。只要我的身体恢复一点儿，我就和你去那儿，看看你沐浴的海滩。这当然是我求之不得的事，能够出院，并且陪你去游泳真是太好了。"

她握了握他的手，然后站起来，走到窗旁，急忙擦去自己的泪水，修饰了一番，接着又走回到床边。

邦德满怀温情地看着她，就像所有外表冷漠、内心严厉的男人一样。其实他很容易动感情，况且她又是那样美丽。邦德感到自己非常喜欢她，决定尽可能自然、温和地提出自己的问题。

他给了她一支烟，两人谈了一会儿S部主管的来访和伦敦对消灭勒基弗的反应。

从她所说的情况来看，显然这次行动已经取得了意想不到的成功。故事仍在满大街流传着，英国和美国的很多八卦记者来到皇家水城，想采访在赌桌上击败勒基弗的那个牙买加富家公子。他们跟踪到了维斯帕这儿，但她巧妙地搪塞了过去。她对他们说，那位大少爷将去戛纳和蒙特卡洛用他赢来的巨额赌金再做一次豪赌。于是那些狗仔去了法国南部。马西斯和警察局抹掉了所有踪迹，报纸记者只好把注意力集中到斯特拉斯堡和法共内部目前的混乱状况上。

"对了，维斯帕，"邦德过了一会儿说，"那天晚上你从夜总会离开以后，究竟出了什么事？我只看见你被绑架了。"他把在赌场外面的大概情景告诉了她。

"我想，我一定是昏了头。"维斯帕避开邦德的视线说道，"当我在大厅四处找不到马西斯时，我就出了大厅，看门人问我是不是琳达小姐，然后告诉我那个送字条的人正在台阶右边的一辆汽车里等我。我认识马西斯只有一两天时间，不知道他的工作方式，所以我毫不怀疑地下了台阶，向汽车走去。汽车隐约停在右边不远处的阴影中。就在我朝那辆车走去时，勒基弗的两个保镖从另一辆汽车的后面跳了出来，把我的裙子往上一掀，便把我连头带手蒙得严严实实。"

维斯帕的脸红了。

"这像是一个小孩儿的游戏，"她用后悔的目光看着邦德，"但的确是很可怕的结果。我完全成了一个囚犯，虽然我在大声叫喊，但我想声音不会从裙子里传出来。我用尽全身力气踢他们，但毫无用处，我的双臂已完全失去了作用。我就像翅膀被扎起来的小鸡一样。

"他们把我拎了起来，塞进汽车后部。我不断挣扎，汽车发动后，当他们想用一根绳子捆住我头上的裙子时，我设法挣脱一只手，把那个提包从车窗里扔了出来。我希望能留下点儿线索。"

邦德点了点头。

"这是一种本能的反应。我想你不会知道我已出了事，一着急反倒想出了这个办法。"

邦德当然知道他们的目标是他，即使维斯帕不把她的包扔出来，只要他们一看见他出现在台阶上，也会把这个包扔出来的。

"这样做当然有用，"邦德说，"但是，我后来被他们抓进车里和你讲话时，为什么你没做出任何反应？我十分担心你的生命安全，还以为他们把你击昏了呢。"

"我说不定真昏了过去，"维斯帕说，"我曾由于缺氧昏过去一次。当我昏过去时，他们在我的脸前开了一个洞，让我呼吸。后来我又失去了知觉。等我们到了别墅后，我才想起了什么。当我听到你在过道里叫喊并向我追来时，我才知道你已被捕了。"

"他们没碰你吗？"邦德略显踌躇地问，"在我被拷打时，他们没想糟蹋你？"

"没有，"维斯帕说，"他们只是把我扔在椅子上，自己在旁边喝酒、打牌，然后他们去睡觉。我想这就是锄奸团能轻易干掉他们的原因。他们把我面朝墙壁绑起来，放在拐角的一张椅子上，因此，我没看见锄奸团组织那个家伙的模样。当时我听见了某种奇怪的声音，我以为是他们发出的。接着传来的声音表明，一个人倒在椅子上。然后是一阵轻轻的脚步声，门关了起来。接下来一片寂静，几个小时以后，马西斯和警察闯了进来。在这期间的大部分时间里，我都是昏昏沉沉，似醒非醒的。我不知道你的情形怎样，但是，"她的声音颤抖起来，"我确实听到过一次尖叫，声音似乎很远，但至少我能听出那一定是尖叫声。那时我以为我是在做噩梦。"

"我想那声音一定是我发出的。"邦德说。

维斯帕轻轻地抚摸着他的手。她的眼眶里噙满了热泪。

"真可怕，"她说，"他们对你多么残酷。这全是我的错。要是……"

她把脸埋在了双手中。

"没关系，"邦德安慰她说，"后悔是没用的。好在一切都已过去，谢天谢地，他们没有糟蹋你。"他拍了拍她的膝盖。"他们准备把我折磨够之后，就对你下毒手。我们还真得感谢锄奸团的那个家伙呢。好了，不要难过了，让我们忘了这件事吧。不管怎样，你没有受到那种伤害就好。换了别人也会落入那张字条设下的陷阱中的。不过一切都过去了。"他高兴地说道。

维斯帕透过泪水愉快地看着他。"你真的不怪我了？"她问，"我还以为你绝不会原谅我呢。我……我会设法报答你的，无论如何也要报答你。"她看着他。

无论如何？邦德暗自想着。他看着她，她正朝他微笑着，他也向她笑了。

"你最好小心啊，"他说，"否则我会缠住你的这句话不放的。"

她看着他的双眼，什么也没说，但她的目光中却流露出神秘莫测的神情。她压着他的手，站了起来。

　　"诺言就是诺言。"她说。

　　这次他们双方都知道这个诺言的内容是什么了。

　　她从床上拿起提包，走向门口。

　　"我明天还能来吗？"她严肃地看着邦德。

　　"好啊，来吧，维斯帕。"邦德说，"我求之不得。这样可以增进相互了解。我真盼望能早日下床，然后我们要在一起做很多有趣的事情。你想过这些事吗？"

　　"想过，"维斯帕说，"现在就盼你尽快恢复健康。"

　　他们互相凝视了一会儿，然后她走出去带上了门。邦德听着她的脚步声渐渐消失在远处。

第二十二章
黑 色 轿 车

他最烦的就是花时间去追求女人，分手时又纠纷不断。他发现每一段风流浪漫史都千篇一律，如同抛物线一样……

那天以后，邦德身体的复原速度大大加快。

他坐在床上起草给M局长的报告。他把维斯帕不专业的行为一笔带过，把重点放在绑架者的不择手段上，为他的女助手开脱。他还突出表扬了维斯帕在整件事情过程中所表现出的冷静沉着，但略去了她某些不合逻辑的行为。

维斯帕每天都来看他，他总是激动地盼望着这一刻。她愉快地谈论着当天的趣事，谈论她在岸边的乐趣，谈论她吃饭的那些餐馆。她说她已经和警察局局长以及赌场里的一个董事成了好友，他们时常带她一起吃晚餐，白天还借给她一辆汽车兜风。她还留意着宾利的维修进展，甚至联系人从伦敦邦德的公寓中送些新衣服来。他原来的衣柜里没有一件好衣服，为了寻找那4000万法郎，敌人把每件衣服都划成了碎布条。

他俩从来不提勒基弗的事情。她不时告诉邦德一些从S部主管办公室那里听来的趣闻。她显然是从皇家海军女子服务队调到那儿的。他也向她讲述了一些在情报局的冒险故事。

他觉得可以和她无话不谈，十分亲密。他为此感到有点儿意外。

通常他和女性相处时，要么沉默寡言要么热情四射。他最烦的就是花时间去追求女人，分手时又纠纷不断。他发现每一段风流浪漫史都千篇一律，如同抛物线一样：一见钟情，牵手，初吻，激吻，拥抱身体，床上高潮，接着是更多的床戏，然后渐渐减少，然后发生厌倦，流泪，最后是苦涩的分手。整个过程是那么可耻并且虚伪。他也曾有过几次艳遇，仍是老一套：在舞会上约会，一起吃饭，一起坐车，他的公寓，她的公寓，然后周末一起去海边，然后再次在公寓中约会，然后偷偷摸摸地找借口不见面，最后彼此在愤怒中拂袖而去，消失在雨中。

但这次和维斯帕在一起，全没这一套。

每天她的到来都会使这间昏暗的屋子和讨厌的治疗充满欢乐和希望。他们像挚友又像伙伴一样谈天，闲话家常，从不提爱情两个字，但他们彼此都明白，在言语的后面隐藏着她未明说的诺言的内容，这个诺言在一定的时候会兑现的。然而在这诺言的上面仍覆盖着一层他的创伤的阴影。创伤愈合得越慢，邦德越是望眼欲穿。

终于，邦德的身体逐渐地好转起来，如同枝头上生出新蕾，正含苞欲放。

他被允许在屋里自由活动，接着又被允许在花园里坐着，然后可以短时间散步了，到最后可以长时间开车。终于在一个下午，医生坐飞机从巴黎来复诊，向他郑重宣布可以出院了。维斯帕捎来他的衣服。他和护士们道别，一辆出租车载着他们离开了疗养院。

从他濒临死亡那天开始算起，时间已经过了3周。现在已是7月光景，炎热的太阳照耀着海滩，远处的波浪闪闪发光。邦德的心都醉了。

他们的目的地也让他分外惊喜。他并不想去皇家水城的某一个大酒店住下，所以维斯帕找了一个远离喧嚣的地方。但她对那个地方始终保密，只说她已经找到一个他一定会喜欢的地方。他很乐意由她安排，他开玩笑地猜测他们的目的地是海边的爱巢（她承认那是在海边）。他非常喜欢具有乡村气息的东西，哪怕体验一下在屋子外边的土茅坑、臭虫和蟑螂也无所谓。

在路上发生了一段小插曲。

他们正好沿着这段海岸公路朝隐士别墅方向驶去时，邦德向她绘声绘色地描述他是怎样用宾利拼命追赶她的，最后向她指了在撞车之前所走的弯道和歹徒安放钉板的准确地点。他让司机放慢车速，然后把头伸出车窗，向她指着那些在宾利翻车时轮胎碾在柏油马路上的深深的辙痕，还有路边篱笆弄断的枝条以及汽车喷洒出的一摊油迹。

但在他的讲述过程中，维斯帕心不在焉，烦躁不安，只是偶尔简单回应几句。他发现她向反光镜瞥了一两次，但当他转脸透过后窗向后望去时，他们正好转过一个弯道，因此他什么也没看见。

最后他握住她的一只手。

"你在想什么问题，维斯帕？"他说。

她神色紧张地向他微笑了一下。"没想什么，什么也没想，我只是想到一些可笑的事。我想，也许这只是一种神经过敏。这条路充满了幽灵。"

她在一阵大笑声的掩饰下又回过头去。

"看！"她带着一种惊恐的语调叫起来。

邦德顺从地转过头。果然在四分之一英里外的地方，一辆黑色大轿车正不急不慢地跟在后面。

邦德大笑起来。

"这条公路又不是我们独家所有。"他说，"另外，谁会跟踪我们呢？我们又没干坏事。"他拍了拍她的手。"也许是开车去勒阿弗尔推销商品的中年推销员，他或许正在想着中午吃什么或者何时与在巴黎的情人相聚。实际上，维斯帕，你别把无辜者都想象成恶魔。"

"希望你是对的，"她紧张地说，"反正我们也快到了。"

她又沉默起来，眼睛盯着窗外。

邦德感到她仍然十分紧张。他估计她是因为近来的危险经历而余悸犹存。他决定开个玩笑来逗逗她。前面有一条通往海滨的小道。他吩咐司机在小道前面停下车。

他们在高高的篱笆的掩护下，透过后窗向外观望。

四周除了夏天鸟虫的叫声外，还能够听见一辆汽车驶来。维斯帕的手指捏紧了他的手臂。当那辆汽车朝他们的藏身之处开过来时，汽车的速度并没改变，而是从他们的旁边一闪而过。他们只能略微看清那个男人的侧影。

他确实朝他们隐藏的地方瞥了一眼，但在他们隐藏的树篱上方有一个色彩鲜艳、指向这条小道的招牌，上面写着：

"供应水果、虾蟹、炸薯条。"

邦德认为是那块招牌吸引了司机的注意。

当那辆汽车排气管的噗噗声消失在路那边时，维斯帕仰靠在角落，她的脸苍白无色。

"他在看我们，"她说，"我刚才说的就是这个。我知道我们被盯上了。现在他们知道我们的下落了。"

邦德有点儿不耐烦了。"别扯了，"他说，"他是在看那个招牌。"他指着招牌对维斯帕说。

她微微松了一口气。"你真的这样想吗？"她问，"但愿如此。请原谅，我真是神经过敏了。我不知道是什么感觉支配了我。"她倾身向前，通过隔板对司机说了一句话，汽车便继续向前行驶。她仰靠在椅背上，兴高采烈地把脸转向邦德，红晕又在她的双颊泛起。"我真抱歉。只是因为……只是因为我还不敢相信一切已经过去，真的不会再有人来吓唬我们了。"她压着他的手，"你一定认为我很傻。"

"当然不是，"邦德说，"但现在确实不会有谁对我有兴趣了。把这些都忘了吧。整个行动结束了。今天开始就是我们的假期，千万别让乌云遮掩了明媚的阳光，好吗？"

"是的，是不该再有乌云了。"她轻轻摇着头，"我真的太高兴了。我们马上就到了，我想你会喜欢那个地方的。"

他俩倾身向前张望，她的脸上又显露出活泼的神情，刚才的事件只留下一个小小的问号悬在空中。随着他们穿过沙丘，看见了大海和森林中朴实的小旅馆，那个问号也渐渐消失了。

"我想这家旅馆并不很豪华，"维斯帕说，"但房间非常干净，饭菜也很可口。"她不安地看着他。

她根本不必担心。邦德一看见这个地方就喜欢上了——稍稍高于最高潮水线的露天阳台，低矮的两层楼房子，有着鲜艳的砖红色遮阳篷的窗户，蓝色的月牙形水湾和金色的沙滩。他的一生中曾无数次梦想过找这样一个幽静的角落，任凭世界发生任何事情，从黎明到薄暮他一直生活在大海边！现在，他的梦想实现了，他将在这里度过整整一个星期，还有维斯帕做伴。他暗自规划着即将到来的甜蜜日子。

他们在屋后的院子里停车，旅馆老板和妻子出来欢迎他们。

老板弗索克斯先生是一个独臂的中年人。那条手臂是他在马达加斯加参加"自由法国"运动而失去的。他是皇家水城警察局局长的好朋友，局长向维斯帕推荐了这个地方，并在电话里和旅馆老板说了这件事。因此，一切都已为他们准备妥当。

弗索克斯夫人正忙着备饭，不时地插几句话。她系着一条围裙，手拿着一根木勺。她比她丈夫年轻，丰满而端庄，眼神和蔼。邦德猜他们一定没有孩子，所以才把自己的感情给了他们的朋友和老主顾，以及一些宠物。他想他们的生活也许并不富裕，因为这家旅馆在漫长冬季只能与辽阔的大海和松林中的阵阵风声做伴。

老板领着他们来到他们的房间。

维斯帕住的是一间套房，邦德则住在她的隔壁，一间位于角落里的客房。他房间的一扇窗户正对着大海，另一扇则对着遥远的海湾。两间房中间是一间浴室。一切都很干净舒适。

当他俩显出高兴和满意的神情时，老板非常得意。他说7点半开始晚餐，老板娘正在准备黄油焙烤龙虾。他抱歉地说，这段时间很清静，因为是星期二，等周末来临，这里的人就会多起来。这个季节一直就不怎么热闹。一般来说会有很多英国人来这儿，但现在经济不景气了，英国人也只是逢周末才来这里，在皇家赌场输光了钱后就立刻回家。

"今非昔比了，"他感慨地耸了耸肩，"后来就一天不如一天，一世纪不如一世纪了……"

"我深有同感。"邦德回答。

第二十三章
爱 如 潮 水

她很聪明，对人体贴入微，但又绝不会任人摆布。她即使有强烈的欲望，也会摆出一副不可侵犯的样子。要想征服她的肉体，深入她的私密之处，可能在必要情况下得来点儿硬的。

　　他们在维斯帕的房间门口说着话。老板夫妇离开后，邦德把她推进屋里，关上了门。然后他双手抱着她的双肩，吻了吻她的双颊。

　　"这里真是天堂。"他说。

　　此时维斯帕的双眼闪动着光芒。她举起双手，抚摸着他的前臂。他紧紧地用双臂搂住她的小蛮腰。她抬起头，两片湿润的嘴唇微微张开迎向邦德的下巴。

　　"亲爱的。"他低下头来接吻。她开始有点儿羞涩，接着也热烈地回吻他。他把她紧紧拉在自己身边。她把嘴移到一旁，轻轻喘息着，然后他们又紧紧地贴在一起。他用脸颊蹭了蹭她的脸颊，同时感觉到了她饱满的乳房。然后他伸出手轻抚她的秀发，并再次吻她。她推开了他，精疲力竭地坐在床上。两人饥渴地对望着。

　　"很抱歉，维斯帕，"他说，"我本来不想这样。"

　　她摇了摇头，还沉浸在刚才的激情之中。

他走过来坐在她旁边，他们彼此久久地深情凝望，激情的潮水渐渐在他们血管中退去。

她身体前倾，吻了吻他的嘴唇，然后理了理他那挂在额前的逗号一般的头发。

"亲爱的，"她说，"请给我一支香烟。我不知道手提包放在哪儿了。"她粗略地看了一下房间四周。

邦德替她点好一支烟，轻轻地塞进她的双唇间。她深深吸了一口，随着一阵缓缓的叹息，嘴里喷出一缕烟来。

邦德伸出手臂想搂她，但她站了起来，走到窗户旁。她站在那儿，背朝着他。

邦德看着自己的双手，发现手仍在颤抖。

"现在离晚饭时间还早，"维斯帕说话时仍然没有看他，"你为什么不去洗个澡？我会来替你把行李收拾好。"

邦德离开床，走到她跟前站着。他从背后紧紧搂着她，双手碰到了她的乳房。他感到了乳峰的起伏。她把双手放在他手的上面，紧紧地压着，但依然没有看他，只是看着窗外。

"现在不要。"她低声说道。

邦德弯下腰，吻着她的颈背。他用力抱了她一下，然后放开了她。

"好吧，维斯帕。"他说。

他走到门口，回头看了看。她还是没有动。他觉得她似乎在抹眼泪。他朝她走了一步，又不知道该说什么好。

"小宝贝。"他说。

他还是走了出去，关上了门。

邦德走到他的房间里，坐在床上。由于刚才热血沸腾，他显得十分疲乏。他很想躺在床上睡一觉，又想去海边清醒一下头脑，恢复精力。他想了一会儿终于拿定主意，于是走到行李箱旁，取出白色尼龙游泳裤和一件深蓝色的睡衣。

邦德不喜欢穿睡衣，他喜欢裸睡。二战末期在香港时，他发现了这种理想的服饰。这种衣服长不过膝，没有纽扣，但腰上有一根宽松的带子。袖子又宽又短，只到肘弯处，穿着这种睡衣既凉快又舒适。此时当他在游泳裤上套上这件睡衣时，浑身的累累伤疤都被遮住了，只是遮不住手腕和脚腕上被绑过的伤痕以及右手上锄奸团的印记。

他套上一双深蓝色的皮凉鞋，走下楼出了旅馆，穿过斜坡来到了海滩。当他经过旅馆大门时，他想到了维斯帕，于是他故意低下头，不去看她是否仍站在窗边。她就算看到了他，也不会有任何表示的。

他沿着水边走在松软的金色沙滩上，身后的旅馆在视野中逐渐消失。他脱去睡衣猛跑了几步，迅速跳进海浪中。海滩坡度一下子增大。他尽可能长时间地在水里潜着，用力地划着自由式，全身感到海水的凉意。然后他浮出水面，用手拨开盖住眼睛的头发。此时已近7点，阳光已失去了热度。要不了多久，太阳将沉到海湾下面。但在此时，阳光还能直射眼睛。他仰脸游着，尽可能久地享受着这种惬意。

当他游到离海湾1000多米时，阴影已经遮住了他放在远处的睡衣，但他知道在夜幕降临之前，他还有时间躺在坚硬的沙滩上擦干身体。

他脱去游泳裤，低头看着自己的身体。身上只有几处伤疤。他耸了耸肩，四肢伸展躺在地上，仰望着空寂的蓝天，想念着维斯帕。

他对她有种错综复杂的感觉，并对这种复杂有点儿恼火。其实原因很简单。他想尽快和她同床共寝，因为他很喜欢她，也因为他迫切想知道，他的生理机能到底恢复了没有。他本来只是打算完成任务后和她在海滨同居几天，然后回到伦敦可以再见几次，由于两人的工作性质不同，不可避免会各奔东西。今后他会被派去国外执行任务，或者他会辞职不干，就像他盼望已久的那样，去周游世界。

但在过去的两周里，他的感情发生了很大变化。他发现内心已经被维斯帕占据了。

他觉得她真是个理想的伴侣，但性格又有点儿高深莫测，这种高深莫测反而更刺激他。她从不轻易流露真情。尽管他俩在一起的时间已不短了，但她的内心深处隐藏着某些他怎么也觉察不出的东西。她很聪明，对人体贴入微，但又绝不会任人摆布。她即使有强烈的欲望，也会摆出一副不可侵犯的样子。要想征服她的肉体，深入她的私密之处，可能在必要情况下得来点儿硬的。每次和她亲密相拥，总是没有达到高潮就匆匆收场。他想她最终一定会屈服的，会热切地享受着她还从未经历过的性爱快感。

邦德就这样赤裸地躺在那里，一面仰望天空，一面胡思乱想，一点儿也没有觉察到渐渐暗下来的天色。当他转过头看着海滩，才发现海岬的阴影几乎到了他的跟前。

他站起身，掸去身上的沙子。他想进房间后先洗个澡。他心不在焉地捡起游泳裤，沿着海滩往回走。当走到下水处时，他弯腰拿起睡衣，这才发现自己仍然是赤身裸体。他嫌穿游泳裤麻烦，于是直接穿上轻便的睡衣，径直向酒店走去。

这时，他已想好了主意。

第二十四章
春 宵 一 刻

"亲爱的，洗澡水温度正好。你愿意嫁给我吗？"
她哼了一声："你需要的是一个女仆，而不是一个妻子。"

当他回到自己房间时，惊讶地发现自己所有的东西全被收拾停当。在卫生间里，他的牙刷和刮脸用具整齐地放在盥洗池上方玻璃柜的一端。玻璃柜的另一端是维斯帕的牙刷和一两只小瓶子，还有一瓶雪花膏。

他瞥了一眼这些瓶子，惊讶地发现其中一个瓶子里装着安眠药。看来那次别墅事件给她造成的刺激远比他想象的严重。

浴缸里已为他放好了水，旁边的一把椅子上搭着他的毛巾，放着一瓶昂贵的新沐浴液。

"维斯帕！"他喊道。

"什么？"

"你的服务真是周到得有点儿过分了，使我觉得自己像个吃软饭的小白脸一样。"

"我是奉命照顾你的，我只是按照命令去做而已。"

"亲爱的，洗澡水温度正好。你愿意嫁给我吗？"

她哼了一声："你需要的是一个女仆，而不是一个妻子。"

"我需要你。"

"不过，我现在只需要龙虾和香槟，所以请快点儿吧。"

"好，马上就来。"邦德说。

他擦干身子，穿上一件白色衬衫和深蓝色便裤。他希望她也穿得朴素些。当她没敲门便出现在门口时，他感到非常高兴。她穿着一件蓝色亚麻布衬衫，那淡淡的色彩和她双眼的颜色以及那深红色的百褶裙很协调。

"我等不了了，我饿坏了。我的屋子就在厨房那里，厨房里飘出来的香气使我直流口水。"

他走过去，挽起她的手臂。

她挽着他，两人一起走下旅馆小楼，来到露天阳台。桌子已放好，从空寂的餐厅里发出的光映照在桌上。

香槟依照邦德的吩咐放在他们桌旁的一个冰桶中。邦德把两只玻璃杯倒满香槟。维斯帕忙于吃美味可口的鹅肝馅儿饼和香脆的法式面包，把厚厚的方形深黄色黄油放入冷却的薯条中。

他俩含情脉脉地看着对方，大口地喝着香槟，然后，邦德又把各自的杯子倒满。

邦德向她讲述游泳的事情。他们还商议着明天早晨的活动安排。吃饭期间，他们彼此都没提及自己的感情，但维斯帕和邦德一样，眼睛里流露出晚上想在一起的激动神情。他们不时地手摸着手、脚碰着脚，好像这样能减轻他们的紧张感一样。

龙虾端来后，他俩一扫而空。第二瓶香槟也只剩下了一半。他们刚刚在草莓上涂了一些厚厚的奶油，维斯帕就打了一声饱嗝儿。

"我吃得就像头猪一样，"她愉快地说，"你总是给我所有我最喜欢的东西，我从未被如此宠爱过。"她的视线穿过阳台，凝望着月光下的海湾，"我希望我能配得上这般宠爱。"她的声音有点儿异样。

"你这话是什么意思？"邦德惊讶地问。

"呃，我也不清楚。我想人们付出总是为了得到想要的回报，所以我也许应该有所回报。"

她看着他微笑起来，双眼好奇地眯起来。

"你真的不够了解我。"她突然说。

她的声音严肃认真。邦德吃了一惊。

"绝对够。"他说着大笑起来，"我还有一辈子的时间来了解你。实际上，你才不大了解我呢。"他又倒了点儿香槟。

维斯帕若有所思地看着他。

"人就像是一些岛，"她说，"他们从不接触。虽然他们靠得很近，但心灵上的距离却很遥远。有的夫妻即使结婚50年了，彼此也不了解。"

邦德惊讶地想，她一定是到了"醉后伤怀"的地步。她喝了太多的香槟，因此弄得十分伤感。但她突然又高兴地大笑起来。"不要为我担心，"她俯身向前，把手放在邦德手上，"我总是多愁善感。不管怎样，今晚我感到我这个小岛和你那个小岛贴得很近。"她又呷了一口香槟。

邦德欣慰地笑起来。"让我们这两个小岛融为一体，组成一个半岛吧。"他说，"就是现在，你看我们的草莓都吃完了。"

"不，"她急忙说，"我还得喝杯咖啡。"

"再来点儿白兰地。"邦德说。

小小的阴影刚刚过去，又出现了第二个，同样也在空中留下了一个小小的问号。随着温情和亲热再次占据他们的思想，这个小小的阴影也迅速消散了。

他俩喝完咖啡后，邦德开始饮他的白兰地。维斯帕拿着手提包，走到他身后站着。

"我累了。"她说着把一只手放在他的肩上。

他抬起手，把她的手紧紧握住，两只手一动不动地在一起放了一会儿。她弯下腰，用双唇轻轻摩擦着他的头发。然后她走了。几分钟后，她房间的灯亮了起来。

邦德抽完最后一支烟，向老板夫妇道了晚安，感谢他们安排的丰盛晚餐，然后上了楼。

此时只有9点半，他穿过浴室，走进她的房间，轻轻扣上房门。

月光穿过半关着的百叶窗洒了进来。月光下，她那雪白的肌肤显得玲珑剔透。

第二天早上，邦德在自己房间里醒来。他躺了一会儿，回味着昨天晚上寻欢作乐的种种情景。然后他悄悄起床穿上睡衣，轻声走过维斯帕的房门，走出旅馆来到海滩上。

大海在日出时分显得十分平静。粉红色的微浪悠闲地舔着沙滩。此时海水尚冷，但他还是脱掉睡衣，赤裸身子沿着海边漫步到他头天晚上下水的地方。

然后他慢慢地、悠闲自得地走进海水中。海水越来越深，直到水齐下巴为止。他脚离地，潜入水中。他闭上眼睛，用手捏着鼻子。他感到凉爽的海水洗刷着身体，梳理着头发。

一条鱼蹿了出来，打破了海湾那如镜的水面。他潜进水底，想象着海面平静的情景，希望维斯帕能在这时穿过松林来到海边。当她发现他从空寂的海景中突然冒出来时，她一定会大吃一惊。

他在水里潜游了整整一分钟，然后慢慢钻出水面。这时他失望地发现，眼前一个人也没有。他又仰游了一会儿，当阳光变得强烈起来时才回到海滩上，四肢伸展地躺着，津津有味地回想着晚上与她狂欢的情景。

与昨天傍晚一样，他一直凝视着广阔的天空，想着同样的问题。

过了一会儿，他起身沿着海岸往回走去，走向他脱在海滩上的睡衣。

他决定今天就向维斯帕求婚。对此他非常坚定。现在只有一个问题，那就是要选择一个合适的时机。

第二十五章
神 秘 电 话

突然，她的身体好像僵住一样，手上的叉子当啷一声落在了盘边，然后又掉到桌下的地板上，发出铿锵的响声。

　　邦德穿过门前的小院，悄悄走进仍然关着窗户的昏暗的餐厅，他惊讶地看见维斯帕从前门旁边的公共电话间走出来，正轻轻地踏上楼梯，朝他们的房间走去。

　　"维斯帕。"他叫道。心想她一定是刚接到电话，说不定是关于他俩的某些紧急通知。

　　她迅速转过身，用手掩住了嘴。

　　她盯着他看了好一会儿，眼睛瞪得大大的。

　　"怎么啦，亲爱的？是谁的电话？"他问，心里纳闷儿她何以如此吃惊。

　　"哦，"她大口喘着气说，"你吓了我一跳。刚才……我刚才打了电话给马西斯，给马西斯的电话。"她重复着。"我想让他给我再弄一件连衣裙。你知道的，就是从我对你说过的那个女友那儿。售货员，你知道的。"她快速地说着，有点儿前言不搭后语，"我真的没衣服穿了。我得在他上班之前联系上他。我不知道我朋友的电话号码。我想给你一个惊喜。我不想让你听到我走路的声音，以免吵醒你。海水舒服吗？你洗过澡了吗？你应该等我一起去。"

"太舒服了。"邦德随口应了一句。他虽然对她这么明显的幼稚小动作有点儿不满，但还是决定先不拆穿她。"你回房间吧，然后我们一起去阳台吃早餐。我饿极了。我很抱歉吓了你一大跳。我只不过想跟你打个招呼。"

他挽起她的手臂，但她脱开身，迅速地登上了楼梯。

"看到你真是吃惊极了，"她想用这句略带感情的话掩饰自己的行动，"你像一个幽灵，一个水鬼，头发湿漉漉的。"她尖声笑起来。由于笑得太做作，她不禁咳嗽起来。

"我怕是有点儿感冒了。"她说。

她越是想自圆其说，就越不自然，邦德想戳穿她的谎言，要她休息一会儿，讲出真实情况。但他最后还是什么也没说，只是安慰地拍了拍她的后背，要她抓紧时间去洗澡。

然后他进了自己的房间。

这就是他们爱情完整性的终结。随后几天他们都在掩饰和敷衍中度过。维斯帕似乎既痛苦又矛盾。她时而暗自流泪，时而又极度狂热，如同十足的荡妇，拼命寻求肉欲的满足。而邦德试图解开心里的疑问。他一再提到那个电话，但他每次提起她就东拉西扯地搪塞，甚至指责邦德怀疑她有另一个情人。

这情景总是伴随着她的哭泣和一阵歇斯底里而结束。

连日来的气氛变得越来越可怕。

邦德万万没想到他们的感情如此变幻莫测。一夜之间就完全逆转，他特别想知道其中的原因。

他感到维斯帕的古怪脾气比他更甚。那个令维斯帕愤怒异常的神秘电话，对邦德来说同样可怕。拒绝做出解释使两个人的关系蒙上一层阴影，还带来了怀疑和沉默。

情况在那天午餐后开始变得更坏。

他俩很不自在地吃完早餐。维斯帕说她头疼，要避开阳光待在自己的房间里。于是邦德拿了一本书，沿着海滩走了好几公里。在返程时他想，一定要争取在午饭时把矛盾解决。

到了午饭时刻，他们刚刚在餐桌旁坐下，邦德就开诚布公地为自己在电话间旁把她吓了一跳而向她道歉。然后他转移话题，谈起自己在海滩上漫步时所看到的景色。但维斯帕心不在焉，只是简单地回答着他的话。她漫不经心地吃着饭菜，避开邦德的目光，出神地看着别处。

当她有一两次答非所问之后，邦德也只好沉默不语，郁闷地沉浸在自己的心事中。

突然，她的身体好像僵住一样，手上的叉子当啷一声落在了盘边，然后又掉到桌下的地板上，发出铿锵的响声。

邦德抬起头，发现她的脸色变得像纸一样白，同时惊恐万状地望着邦德的身后。

邦德转过头，看见一个男人刚刚走进来，坐在阳台对面离他们比较远的一张餐桌旁。他看起来很普通，穿着暗色的衣服。邦德的第一印象就是，这是个商品推销员，沿着海岸做生意，路过这里，顺便进来吃顿午饭。

"怎么啦，亲爱的？"他不安地问。

维斯帕的双眼仍然盯着那个男人。

"这就是那个在黑色轿车里的人，"她用一种快要窒息的声音说道，"就是跟踪我们的人，我敢肯定就是他。"

邦德再次转过头看了看，只见旅店老板正和这位新来的顾客谈着菜单。这是一个非常普通的场面。他们看到菜单上的某一菜名时，都微笑起来，显然他们都赞同那个菜最理想。接着，旅馆老板拿起菜单，和那位顾客谈了几句酒水的问题，然后离开了。

那人好像发现自己被人盯着一样，抬起头毫无兴趣地看了他们一眼。然后，伸手从旁边一把椅子上的提包里抽出一份报纸，在桌面上支起手肘看起报纸来。

就在刚才那一瞥之间，邦德注意到他的一只眼上有一个黑色眼罩。眼罩不是用带子系在眼睛上的，而是像一只单片眼镜一样挂着。不过，他看起来像是个很友善的中年人，有着一头向后梳的深棕色头发。当他和旅馆老板说话时，邦德看见了他那洁白的牙齿。

邦德转向维斯帕。"亲爱的，不用担心，他看起来很随和。你怎么就那么肯定他就是那个人呢？再说这个地方也不是只做我们的生意。"

维斯帕的脸仍然非常苍白，两只手紧紧抓住桌子的边缘。他以为她要晕过去，于是站起来想绕过桌子走到她跟前，但她做了一个制止他的手势。然后她端起一杯葡萄酒，喝了一大口。玻璃杯磕着她的牙齿，她赶紧用另一只手帮忙端住，接着才把杯子放下来。

她呆板地看着他。

"我知道，就是同一个人。"她肯定地说道。

邦德想劝劝她，但她根本不看他，而是用一种奇怪的目光又向他肩头方向看了一两次，然后声称她的头还在疼，下午想待在房间里。接着她离开餐桌，径直朝门口走去，没有再回头看一眼。

邦德决定让她的大脑平静一下。他又要了一杯咖啡，然后站起来迅速走到院子里。外面果然停着一辆黑色标致牌汽车，也许就是他们以前看到的那辆，也许不是，因为这种车在法国不下100万辆。他迅速朝车里瞥了一眼，里面空无一物。他想掀开车尾箱看看，但车尾箱锁上了。他记下了车牌号码，然后迅速走进和餐厅相连的盥洗间，拉了一下抽水马桶，等到哗哗的水声停下，又重新回到桌旁坐下。

那人正在吃饭，没有抬头。

邦德在维斯帕的椅子上坐下，这样他就能从正面看见那人的模样了。

几分钟后，那人叫来账单，付款离去。邦德听见标致汽车发动起来，很快，排气管的声音消失在去往皇家水城的方向。

当旅馆老板走到邦德的桌边时，邦德向他解释维斯帕小姐不幸有点儿中暑。旅馆老板表示了遗憾之意，详述了几乎在任何天气出门时都有的危险因素。邦德又漫不经心地问起刚才那位顾客的情况。"他使我想起了一个朋友，也是失去了一只眼睛，并且戴着相似的黑眼罩。"

　　旅店老板回答说以前没有见过那个人。他对午饭非常满意，并告诉老板，过一两天他还会从这里路过，还要来这里再吃一顿。听口音像是个瑞士人，自称是做手表生意的。那人只有一只眼睛，确实有点儿吓人。每天戴眼罩使那里的肌肉都变了形。不过他大概也习惯了。

　　"这确实是非常不幸的事，"邦德说，"不过你也很不幸，"他指了指老板那无臂的袖子。"相比之下，我已经很幸运了。"

　　他们谈了一会儿战争，然后，邦德站了起来。

　　"顺便说一下，"他说，"维斯帕小姐曾经打过一个电话，由我来付款，是打到巴黎的，好像是一个爱丽舍区的号码。"他记得马西斯的总机是在爱丽舍区。

　　"谢谢你，先生，但这件事还要核实一下。今天早晨我和皇家水城通话时，总机提到我的一位客人打了一个去巴黎的电话，电话没人接。他们想知道小姐是否要留电话。我已把这件事忘了。也许先生会向小姐提起这件事。不过，让我想想，哦，总机说她拨的是荣军院区的号码。"

第二十六章

晚安，吾爱

好像要收回自己的话一样，她把他搂得更紧了，呢喃细语，爱意绵绵，同时把自己的身体压在了他的身体上。

接下来的两天一如往常。

第四天一早维斯帕去了皇家水城。她来回都是坐出租车。回来后，她说她还需要吃些药。

当晚，她曲意逢迎，媚态横生。她喝了很多酒，然后他们上了楼。她领着他走进卧室，和他尽情地交欢。邦德的身体也积极地做出回应。但他们做爱完毕后，她抱着枕头大哭起来。邦德不知就里，最后沮丧地回到自己的房间。

他怎么也不能入睡。几个小时后，他听到她的门轻轻打开了，从楼下传来一阵微弱的声音，他知道她又去了电话间。一会儿，他又听见她的门轻声关上。他估计巴黎方面还是没有回答。

这天是星期六。

星期天午饭时分，那个戴着黑色眼罩的男人又回来了。当邦德抬起头看到维斯帕脸上的表情时，他就知道那人又出现了。他把从旅馆老板那儿了解的情况都告诉了她，但没有提那人自称还要回来。他担心这句话会使她更加不安。

在这之前，他已打电话给巴黎的马西斯，查问了一下那辆标致汽车的来历。汽车是两周前从一家大公司租走的。租车人有一个瑞士驾照，名叫阿道夫·格特勒，通信地址是苏黎世的一家银行。

马西斯和瑞士警方取得了联系。没错，那家银行有他名字的账号，但这个账号很少使用。瑞士警方还说，据了解，格特勒先生与瑞士钟表工业关系密切。如果有人控告他的话，可以对他进行调查。

维斯帕对此消息耸了耸肩，不屑一顾。现在那人又出现在这里。她的午餐只吃了一半，就上楼进了自己的房间。

邦德打定主意要和她好好谈谈。他一吃完饭，就向她的房间走去。但她房间的两道门都锁上了，邦德敲了半天，她才把门打开。他看见她坐在窗户旁边的阴影里看着他。

她的脸像一块冰冷的石头。他领着她走到床边，让她坐在自己身旁。"维斯帕，"他说，握着她那冰冷的双手，"我们再也不能像现在这样生活了，必须尽快结束这种局面。这简直是在互相折磨。现在，你必须把所有这一切都告诉我，否则我们分手，立刻分手。"

她不言不语，任凭双手毫无生气地被他握着。

"亲爱的，"他说，"到底发生了什么事？你知道吗，那天早晨我从海边回来，本来决定要向你求婚的，可是……我们为什么不能回到当初的那段生活呢？这个要把我们毁掉的可怕的噩梦到底是什么？"

开始，她一声不吭，接着，一滴泪珠慢慢地从她的面颊上滚了下来。

"你是说要和我结婚？"

邦德点了点头。

"哦，天哪！"她叫道，"天哪！"她转过身子抱住他，把脸埋在他的怀里。

他紧紧地抱着她。"告诉我，亲爱的，"他说，"告诉我，到底是什么使你这么伤心？"

她慢慢停止了抽泣。

"让我单独待一会儿，"她说，声音里有一种新的语调，一种屈服的语调，"我要考虑一下。"她吻了吻他的脸，双手抱着他的头看着他，目光中充满了渴望。

"请相信我，"她说，"我绝不想伤害你，但事情很复杂，我处于一种可怕的……"她又哭泣起来，像一个做噩梦的孩子一般紧紧抓住他。他安慰着她，梳理着她那长长的黑发，温情地吻着她。

"现在请你走吧，"她说，"我必须好好想想，我们必须解决这个问题。"

她接过他的手帕，擦干了眼泪。

她把他送到门口，两人紧紧地拥抱着。然后他再次吻了吻她，转身走出房间，把门关上。

就在这天傍晚，他俩来到这儿后第一天晚上的愉快和亲密又回到了他们中间。她很兴奋，笑声听起来很清脆，但邦德很难适应她的新态度。他实在不明白，她的情绪为什么这么反复无常。晚饭结束时他想开口让她暂停下。

她便用手止住了他。

"现在不要问为什么,"她说,"忘掉这件事吧,一切已经过去了。明天早晨我会把一切都告诉你。"

她看着他,突然,泪水夺眶而出。她急忙掏出一块手帕,擦了一下眼睛。

"给我再来点儿香槟,"她说完,有点儿失态地笑起来,"我想多喝点儿,你喝得比我多,这不公平。"

他们坐在一起喝着香槟。很快,整瓶香槟全喝完了。她站起身一下子撞在椅子上,于是她咯咯地笑起来。

"我知道我喝醉了,"她说,"多么不好意思!詹姆斯,请不要为我感到羞耻。我总算能如愿以偿了。我很快乐。"

她站在他身后,用手指梳理着他那黑色的头发。

"快点儿上来。"她说。

他们在幸福的感情中舒缓地、甜蜜地做爱,整整做了两个小时。就在前一天,邦德还怀疑他们是否能和好言欢。现在猜疑和不信任等障碍似乎已经消除,他们的交谈再次充满了真诚和坦率。

"你现在必须走了。"当邦德在她的怀里睡了一会儿后,维斯帕说道。

好像要收回自己的话一样,她把他搂得更紧了,呢喃细语,爱意绵绵,同时把自己的身体压在了他的身体上。

当他最后站起来,弯腰吻着她的头发,然后吻了吻她的双眼,向她道晚安。她伸出手,打开了电灯。

"再好好看看我，"她说，"让我也好好看看你。"

他在她身旁跪下。

她仔细地看着他脸上的每根线条，仿佛是第一次看到他一样。然后她伸出双手，搂住他的脖子。她那深蓝色的眼睛里闪动着泪花，接着她慢慢地把他的头扳向自己，轻轻地吻着他的双唇，然后放开他，关掉了电灯。

"晚安，吾爱。"她说。

邦德弯下腰，吻了吻她，嘴唇沾到她面颊上又苦又涩的眼泪。

他走到门口，回头看着她。

"你也睡个好觉，亲爱的，"他说，"不要担心，一切都会好起来的。"

他轻轻地关好门，心满意足地走回了自己的房间。

第二十七章
爱 的 遗 书

我们第一次在一起用餐时，你曾谈起那个从南斯拉夫叛逃出来的人，他曾说过这样一句话："人在江湖，身不由己。"这就是我唯一的理由。还有，我会尽全力去救我爱的男人。

次日早上，老板给邦德带来一封信。

他闯进邦德房里，把一个信封递到邦德面前，看样子像是哪儿着火了。

"发生了一个很可怕的意外！那位小姐她……"

邦德一骨碌翻身下床，穿过浴室，但连通门被锁上了。他又猛地冲回来，穿过自己的房间，沿着走道从一个吓得缩成一团的女仆身边冲了过去。

维斯帕的房门大开着。阳光穿过百叶窗，照亮了屋子，射在她的床上。躺在床上的她身上盖着一张被单，只有乌黑的头发留在外面。被单下的躯体显出一个笔直的轮廓，仿佛坟墓里的一尊石雕。

邦德跪在她身旁，轻轻掀开被单。

她安详地睡着了。一定是。她双目紧闭，可爱的脸庞容颜依旧，看起来毫无异样。她如此安静——没有动静，没有脉搏，没有呼吸。是的。她没有了呼吸。

一会儿旅馆老板走来，拍了拍他的肩膀。指了指她身旁桌上的空玻璃杯。杯底还残留着少量白色沉淀物。旁边是她的书、香烟、火柴、有点儿乏味的小镜子、口红和手帕。地板上放着安眠药的空瓶，就是邦德第一晚在洗澡间看到的安眠药。

邦德缓缓站起来，微微颤抖。店主把捏在手中的信递给邦德。他接过来。

"请通知马西斯专员，如果他们找我，我就在自己的房间。"

他迈着沉重的步子离开房间，再没回头看一眼。

他回到自己房里，坐在床边，凝视着窗外那平静的大海。然后他茫然地盯着信封，信封上只写着几个粗大的圆字："交给他。"

邦德的脑子里忽然闪过这样的念头：她一定留下话要人早早叫她，这样一来发现她的人就不是他了。

他把信封翻过来，封口处还很潮湿，可能刚封上不久。

他肩膀颤抖了一下，然后撕开了信封。

信不长。刚看完头几个词，他便觉得有些呼吸困难，于是赶紧焦急地读起来。

他看完后把信甩在床上，好像这封信是一只毒蝎子。

我亲爱的詹姆斯：

我衷心地爱着你。当你看到这封信时，我也希望你仍然爱着我，因为这些话意味着，你的爱情到了终结的时刻。所以，永别了，我亲爱的人，纵然我们仍然彼此相爱。永别了，亲爱的。

我是一名苏联内务部的特务。是的，我是一个为苏联工作的双重间谍。我在战争结束那年就被迫加入他们的组织，为他们工作直到现在。在你之前我在皇家空军有个情人，一名波兰人。你可以找到这个人的档案，他在战争中获得过两枚优异服务勋章。战后，M局长对他进行了专门训练，并把他派回波兰工作。后来他被捕了，通过严刑拷问，苏联人从他嘴里掏出了大量情报，还有关于我的情况。他们找到了我，并对我说，如果我愿意为他们工作，他就可以活下来。他对这些毫不知情，但他被允许每月15日给我写信。我知道自己别无选择。如果15日后没有收到信，会有什么后果我都不敢想象。那意味着我害死了他。开始时我尽量向他们提供少量情报，你必须相信我的这句话。后来他们注意到你。我告诉了他们你在皇家水城有个行动，包括你的掩护身份。因此，他们知道你的到达时间并在你的房间安装了窃听器。他们开始怀疑勒基弗。但他们不知道你的任务与他有关。我只告诉他们这些。

　　我被告知在赌场里不要站在你的后面，还要设法阻止马西斯和雷特站在你旁边。这就是那个保镖能够差点儿打死你的原因。之后我又策划了被绑架的那一幕。你也许感到奇怪，我在夜总会里怎么那么沉默，他们不敢伤害我，因为我在为苏联内务部工作。

　　但当我发现他们对你下了毒手，是勒基弗干的而且他已经叛变，我决定不干了。那时我开始爱上了你。他们要我在你康复期间向他们汇报情况，但我拒绝了。我是由巴黎方面控制的。按照规定，我必须一天打两次电话给荣军院区。他们威胁我，最终他们放弃了对我的操纵，我知道在波兰的男友一定没命了。也许他们害怕我告密，于是向我发出最后一个警告，如果我再不服从命令，锄奸团将派人来肃清我。我不在乎，因为我已经爱上了你。就在我们来这里的前一天，我在辉煌酒店发现了那个戴黑眼罩的家伙，我注意到他在打听我的行踪。我原打算我们俩在这里尽情享乐之后，我就从勒阿弗尔逃到南美去。我想生下你的孩子，并且能够找个地方重新生活。但他们已经追踪到我们了。你甩不掉他们的。

我知道如果把一切告诉你，我们的爱情就结束了。我清楚要么等着被锄奸团杀死，还得连累你也被杀，要么我自行了断。

这就是全部，亲爱的。我想你不会反对我这么叫你，或者对你说我爱你。我将把这些，连同有关你的记忆一同带走。

我还要告诉你的就是，同我保持联系的巴黎的电话号码是荣军院区55200。在伦敦我从未见过他们中的任何人。一切事情都是通过一个临时通信地址交办的，查林十字街450号报刊店。

我们第一次在一起用餐时，你曾谈起那个从南斯拉夫叛逃出来的人，他曾说过这样一句话："人在江湖，身不由己。"这就是我唯一的理由。还有，我会尽全力去救我爱的男人。

夜已经深了，我也累了。你刚刚穿过两道门回到房间去。但我必须要勇敢。你也许能救我，但我真的无法承受你那双炽热的眼睛看着我时的神情。

永别了，我的挚爱。

维

邦德把信扔在床上，茫然地双手合拢，十指相扣。突然，他捶了一下太阳穴，然后站起身来，凝视着窗外平静的大海，忍不住用最下流的词语骂了一句。

他伸手擦干眼中的泪水。

他穿上衬衫和裤子，面无表情地走下楼梯，进了电话间猛地把门关上。

他要了伦敦的长途。等电话的这段时间，他开始冷静地回忆维斯帕信中的内容。所有疑问都有了答案。过去四个星期中，那些他的本能已经注意到，但他的理性又排斥了的所有的阴影和问号，现在又像路标一样清晰地显示出来。

他现在只能把她看作一个间谍，把他们的爱情和他的悲伤统统埋在心中。也许以后会不时想起这段爱情，冷静地审查一番，然后苦涩地把这件事和其他伤心事一起忘掉。现在他想的只是她对情报局和祖国的背叛行为以及这种背叛行为所造成的损失。他那专业的头脑已完全沉浸在由此而造成的严重后果中——情报局近几年派出的卧底很可能都已暴露，敌人一定已经破译了许多密码，各个部门许多针对苏联的重要情报已经泄露出去……

这一切多么可怕，上帝才知道这些麻烦该怎么解决。

他紧咬牙关。突然，马西斯的话又在耳边响起："周围的黑暗目标数不胜数。""那么锄奸团又怎么样？我可不喜欢这些家伙在法国境内到处乱窜，杀害那些被他们认为有害的人。"

没想到这么快就证实了马西斯的观点是正确的，而自己的那些幼稚见解这么快就抽了自己的嘴巴！

他，邦德，就在他玩着好人抓坏人的游戏时（勒基弗描述得多么准确），真正的敌人一直在悄悄地、冷酷地、不动声色地活动着，而且就在他的眼皮底下活动着。

他的脑中突然浮现出维斯帕正拿着一沓文件从情报局大楼走出来的情形，上面印着正满世界闲逛——充着好汉的00号秘密间谍名单。

邦德的指甲戳进了手掌心，浑身因为羞愧而沁出了汗水。

不过，现在还不算晚，这里就有他的一个目标，就在身边。他要猎杀锄奸团的人，穷追猛打直到消灭他们为止。如果没有这个锄奸团，没有这个死亡和复仇的冷酷武器，苏联内务部就只是一个普通情报机构。它再也不可能横行霸道，猖獗一时了。

锄奸团就像马刺一样，鞭策着它的间谍要么忠诚，要么死亡。不能出任何差错，否则就是追捕和杀害。所以他们的人知道冲锋比退缩更安全。冲向敌人时子弹也许会打偏，但退缩、逃避、背叛的话，子弹永远不会打偏。

但现在他决定对那只拿着鞭子和手枪的手发功攻击。间谍工作就留给那些白领同事吧。他们会去从事间谍和反间谍工作，而他则要深入敌后去铲除那只产生间谍的幕后黑手。

电话响了，邦德猛地拿起话筒。

他接通了"外线"电话，应答的是一个负责和外界联系的官员，如果要从国外打电话到伦敦的话，只能打给这个人。只有十万火急的情况下才可以这样做。

"我是007，这是公开线路，紧急情况。能听到吗？立即上报。3030曾经是一名双重间谍，为红方工作……是的，该死的，我说的是'曾经'，现在那贱人已经死了。"